葉山
喜寿婚の浜

佐山 透
Toru Sayama

展望社

――初めに――

海を舞ったふたつのM

海は重い梅雨空に覆われていた。

こうしてクルーザーの操舵室に立ち、ステアリングを握るのは、本当に久しぶり。豊洲の高層マンションに住んでいたころだから、もう六年も前のことだ。

あのころ、ディズニーランドに近い浦安のマリーナから東京湾に向かって出港する私のクルーザーには、ほとんどのとき未紗が同乗していた。

そしていま、葉山マリーナから沖に向かって進むこの船にも、未紗は一緒に乗っている。

白い粉になって。


ここから先のことはもう書けない。

写真を見て、わかってほしい。

未紗は、葉山沖の水深数百メートル。深い海に還っていった。

だが、未紗はいなくなったのではない。
私の心の中にずっとい続けてくれる。綺麗な、素晴らしい思い出として。

未紗が逝った翌日が、私の誕生日だった。

その誕生日がまたやってきて、私は七十六歳になった。

なにかが終わったのか。

なにかが始まろうとしているのか。

私は、まだまだ生き続けるのだろうか。


海から帰った夜、身体の芯まで重く疲れた私は、テレビもつけず、音楽も聴かず坐っていた。

いつもなら必ずのように横のテーブルに置かれているワインもビールも、いまはない。

次第に薄暗くなる部屋で、ひとり坐っていた。


昼間の海のようすが脳裏に浮かぶ。

未紗は、海に還っていった。

還っていく未紗の上に、花びらを撒いた。

花びらたちは散りぢりにならず、不思議な輪を描くように、船の近くで舞うように動いていた。いや、舞っていた。

それは、やがてひとつの形を描くようになった。

ハートの形になった。

あのとき、私はそう思った。

未紗はハートになって、メッセージを送ってくれている。

しかし、部屋の黄昏の空気の中、私の心に浮かぶ花びらは、そうだ。これはハートではない。

「M」

ではないか。

そうか。Mだったのだ。

「未紗」のMと、「みゆき」のM。

未紗とみゆきが、入れ替わっている。

私の心の中で、未紗が静かに引き、みゆきが笑顔で近づいてくる。

私にとって、新しい時代が始まった。

葉山　喜寿婚の浜

目次

III

ふたつの心のためらい

IV

ふたりの世界

V

花散る下で

I　聖母被昇天

聖母被昇天

「天におられるわたしたちの父よ。
み名が聖とされますように。
み国が来ますように。
みこころが天に行われるとおり地にも行われますように」

静まり返った、肌寒ささえ感じる部屋に、低く、静かに、そして優しく牧師の声が流れる。前に立つ私はうなじを垂れ、目を閉じ、足許を見つめ、その声を受けている。

「全能の神よ、身許に召された愛する兄弟の身体をいま、火にゆだね、私たちのために死に、栄光のうちにまた生かされた救い主イエス・キリストによって、終わりの日の復活と永遠の命とを堅く望みます。主よ、聖霊によって、わたしたちもこの兄弟とともにいよいよ主に近づき、ついに主の栄光のみ姿に変えられますように、主イエス・キリストによってお願いいたします」

そして参列者も小さく声を合わせて唱える。

「アーメン」


このの地、白木の棺の中の未紗の顔と身体の上に、覆い尽くすほどの花びらが飾られ、棺の蓋が静かに閉ざされる。

もうこれで、未紗を見ることはできない。

このの地しばらくして、未紗は天に昇っていくのだ。

六月三十日午後一時三十分。


二日前、私は未紗の病院に車を走らせた。

毎日のことだ。

未紗が一年半の間入居していた施設で転倒し、施設の車で病院に運ばれたのが四か月前の二月二十七日だった。

左脚大腿部骨折。

金曜日だったので週明けに手術。二月は残り一日なので、三月二日の執刀となった。

手慣れた簡単な手術で、その日の夕方には顔を見ることができ、

「軽いリハビリをして、一週間ほどで施設に戻れるでしょう」

といわれ、未紗にも、

「油断大敵だよ。もう二度とすっ転ぶんじゃないぞ」

などと冗談めかしていったものだった。

その日から私の病院通いはずっと続いてきたのだが、長くても十日ほどといわれたのがこれほどの長きにわたったのは、三月六日の急変からであった。

深夜、電話で呼ばれて私が駆けつけたときに、未紗はすで集中治療室。

脚の手術は成功したのだが、持病のパーキンソン病のため気管の筋肉が硬直し、呼吸困難に陥ったのであった。

未紗はそのときから、ただ生きているだけ。人工呼吸器と点滴とで、生きているだけのひとになった。

集中治療室は出たものの、ほとんど同じ設備を備えた特別病室。

医師はいった。

「この設備は延命装置ではなく、応急装置です。長くても一週間支えることしかできません」

だから私は、大慌てで逗子の教会の牧師を呼び、病室における洗礼を授けてもらったのだが、それがなんと四か月もの長い病院暮らしになろうとは。

枕元に坐っても、未紗は私に気付くようすもなく、空気を送り込むパイプを咥えさせられ、なんか所かチューブにつながれた姿で、ただ生かされている。

四か月続いた。

初めのころは、未紗の姿があまりにも可哀そうで、憐れで、

「未紗、もういいんだよ。もう頑張らなくてもいいんだよ」

と話しかけ、医師にも、

「もう、機械を抜いてください」

と頼んだのだが、脳死の判断ができない限り、それはできない、ときっぱり断られてしまった。


だがときが流れるにつれ、私の気持ちにも変化が現れ、こうして未紗のベッドサイドに坐っている時間を、もっと大事にしようと思うようになったのだ。

なにも応えてくれなくてもいい。返事も頷きもいらない。

ただ、私に、私の心に、話をさせてくれ。


いろんな話をした。四十年以上一緒にいたのだ。話すことには困らない。次から次へと、話すこと、思い出が浮かんできて、病室にいる数時間はあっという間に流れていった。

いま思うと幸せな時間だった。これほど未紗の心とひとつになれたことはなかった。

こんなときがずっと続いてもいいんじゃないか。そうまで思うようになっていたのだ。


六月二十八日も同じように過ぎていた。

昼前に病院に行き、病院の食堂で朝昼兼ねた食事を摂り、それから四時過ぎまで「心の会話」を交わし、

「また明日ね」

と帰る。

森戸海岸のワンルーム・マンションに帰るとすぐに、待ちわびていたフレンチブルドッグのプーリーとダックスフントのドゥージーをリードにつないで目の前の浜辺に出る。

その時間帯は散歩犬のピークなので、幾人もの犬仲間が出会い、彼らは犬におしゃべりをさせたり遊ばせたりしているが、私ははその群れに加わることもなく、一時間ほど浜にいて帰る。

帰って、ベランダに小さな椅子とテーブルを出し、缶ビールとチーズ。犬用の乾燥ささ身も準備して、夕食前の軽い一杯。

ビールをひと口飲んで、思い出した。

明日は私の誕生日だ。

やれやれだね。七十五歳だってよ。後期高齢者だってよ。

そして空に気付く。
なんという空だ。先程までの曇り空が、雲が引くのと陽が沈むのが不思議な調和を見せたのか、赤というか、茜というか、オレンジというか、グラデーションというか、見たこともないほどの輝きを見せていた。
その空を見て、私は一枚の絵を思い出していた。
ムリーリョの『聖母被昇天・無原罪の御宿り』。

未紗が旅立ったのは、その夜、十一時十分。享年七十二。

森戸海岸のベランダから見た不思議な空。そこに浮かんだムリーリョの絵画。

それが未紗とのお別れの場に蘇ってきた。

未紗は、十字架の描かれた布に包まれ、遺灰となって帰ってきた。部屋のキャビネットの高い位置に写真と共にあって、私と犬たちを見降ろしている。

そう。未紗は、逝ってしまったのではなく、帰ってきてくれたのだ。

これから、未紗との「心の会話」が長い間続くことになる。

むなしい部屋で

三週間近くたった。

この間、私はなにをしていたのだろうか。

慌ただしく、訳がわからないままにときが過ぎていったようにも、結局なにもしないうちに時間ばかりが流れていったような、そして自分自身がここにいないかのような、不思議な感覚にとらわれていた三週間であった。

だが、これだけはいえそうだ。

いなくなったはずの未紗が、これまでのどのときよりも私のそばにいる。

誰よりも近くに居続けたはずの私の未紗だったのに、いまほどそばにいたことはなかった。そんな気がする。

未紗が帰ってきてくれてから一週間たった日、祭壇、といっても部屋のキャビネットの上段を空けてそこに遺灰や写真などを備えただけのものだが、その祭壇を並び替えた。

遺灰の隣に一体のアンティーク・ドールを立たせた。その前に飾った写真と合わせて、そこに未紗がいるように、と考えたのだ。カソリックの祭壇にマリア像が置かれているのと同じだ。

この人形が、自分になぞらえられたことを、未紗はきっと喜んでくれるはずだ。なにしろ四十年余り、私たちの結婚生活とほぼ同じ長きにわたって、ずっとそばにいてくれた人形なのだから。

人形と私たちの出会いは、四十一、二年前のロンドンだった。

ロンドンの街並みを歩いていた私たちは、マーブルアーチのアンティーク・ショップを覗いた。

ショーウィンドウに出ていた、よそではあまり見たことのないブルーデニムの男物のトレンチコートが気になったからだが、私がそのコートを試着したりしている間に、未紗がこの人形を発見した。ひと目で気に入ったらしく、そのコートを買ってもいいけど、この人形も一緒に買いましょう、という。値段は、確か当時のレートで三十万円ほどだったと思うが、私が未紗の申し出を却下したのは値段のせいだけではない。

この旅行は、ロンドンを皮切りに、パリ、ミラノ、ヴェネツィアと、その後も繰り返されるお決まりコース。

その最初の地で、そのような嵩張り、フラジャイルな買い物をしてはあとが大変だろう。そういってなんとか未紗を説得したつもりだったのだが、未紗は大いに不満だったらしい。

結局私もコートを諦めてホテルに帰ったのだが、未紗の機嫌が恐ろしく悪い。食事にも行きたくない。ホテルのラウンジにも降りない。疲れていることもあってか、さっさとベッドに潜り込んでしまった。まだ七時過ぎなのに。

私もいささかむっとしたので、ひとり部屋を出て、ホテルの階下のバーカウンターに向かったが、そのエレベーターの中で気が変わって、そのまま外に出た。

アンダーグラウンドに乗って向かったのがマーブルアーチ。

人形は、同じ場所に立ち、同じ表情で、出戻りの私を待っていた。

ふわふわの毛布のような布に包まれた人形を抱いて部屋に帰った私を、仕方なくテレビを眺めていた未紗は、

「ひとりでどこに行ってたのよ」

と睨み付けたが、テーブルの上にそっと置かれた人形を見るや、きゃっと悲鳴を上げ、まるで生まれたばかりのわが子に接する母のように、恐る恐る手を差し伸べるのだった。

それからの長い旅行のあいだ、新たに購入したショッピングバッグが、ずっと未紗の膝の上にあった。

この人形は、私たちにとって子供のようなものかもしれなかった。

長い歳月、何度もの引越しを経たこともあって、当初の衣装はやがて擦り切れたり、ほぐれたりし、アンティーク・ドールの第一人者ともいえる友人の桑原美恵さんに頼んで新しい衣装を仕立ててもらったし、ニューヨークに住んでいたころには、左肘の関節が壊れて、イーストサイドの有名なアンティーク・ショップで修理してもらったこともある。

そのとき店主に、この人形の詳しい由来を教えてもらったのだが、それが私たちの、わが子に関する初めての知識でもあった。

わが子は、十九世紀中ごろ、ドイツはババリア地方に生まれたらしい。フランスのプーペ・ジュモー（ジュモー人形）には及ばないにしても、その世界では長く人気を誇ってきたといい、二万ドルはするだろうね。いい仕事をしてますねぇ、といったようなことも、店主はいっていた。

その人形が、いま母親の隣に立っているのだ。

祭壇を並び替えた数日後、今度は部屋の壁に二枚の絵を掛けた。

カシニョールの二点。

ひとりの女性が森の中で自転車を押している絵と、夏の帽子をかぶった女性が斜めにこちらを見ている絵。

自転車のほうは、これも四十年ほど前にパリで買ったもので、帽子のほうは、これは十五年暮らしたアメリカから日本に帰ってきてからだから七、八年前に銀座の画廊で購入したもの。

もともとカシニョールは、いまほどの人気もなかったころからお気に入りだった画家で、先取り精神の意味もあって自転車の絵を手に入れたのだった。

カシニョールがなぜ気に入ったのかは、未紗と私では多分違っただろうが、私の場合は、カシニョールの描く女性が未紗に似ていたからだ。少なくとも、私にはそう感じられた。

だから、未紗のような女性をモデルにし、あるいは念頭に置いて『カシニョールなひと』という短編を書いたこともある。

こうして私と未紗の新しい部屋には、一体の人形と二点の女性図が加わって、一挙に華やかになった。

狭い部屋なので、私がどこにいても、なにをしていても、必ず未紗の写真と、人形と、二枚の絵が私を見ている。私に見られている。

これほどたくさんの未紗と一緒にいられたことは、かつてないことだ。

しばらく、というか、これからもずっとというか、こうした未紗だけとの時間を大切にしていきたい。つくづくと、しみじみと、そう思う。

——いま想うこと

このころのことを思い返すと、私はまったくの「引きこもり老人」であった。

買い物や、クリニック、銀行、郵便局などを除けば、昼間の外出はほとんどなし。

プーリーとドゥージー、二匹の犬の散歩で浜に出ても、ただ歩くだけ。

当時の文章では、イヌトモたちと立ち話をして、などと書いているが、正しくは、顔見知りに会っても軽く会釈する程度ですれ違っていただけだった。

昼食は自室で、あり合わせのものか、フルーツ程度で済ませ、夕刻になってやっと外出。

近くの居酒屋風レストラン。夏場はうちのマンションのすぐ下に開いている海の家「ノア・ノア」。その他の季節には、これもやはりすぐ近くのカフェ風レストラン「エスメラルダ」。

毎晩のように入り浸っていた。

といっても、店のひとやほかの常連客と親しく話し合ったりすることはありえないことで、ただひとり、離れた席でワインなりビールなりを飲み続ける。

二、三時間そうしていて、

「お願いします」

代金を払って帰る。

部屋で、プーリーとドゥージーを話し相手に、テレビかCDをBGMにしてまた飲み直す。

夜が更けると、酔って寝る。

そんな私の日常を、祭壇の未紗はずっと見守っていたのだろうか。

こうした日々が続いていたのだ。むなしく。

ひとりきりのとき

なんの変りもない日が続いている。

未紗が逝ってから約二か月、ほとんど同じときの流れだ。

ということは、なにもしない日々だったということ。

まずいつも部屋にいる。

毎日ほとんどなにかやっている、テレビのスポーツ中継を眺めていることが多いか。

以前は目的を持って観ていたスポーツ中継だが、いまはスポーツならなんでもいい、という感じ。つまり、それほど本気で観てはいない。

いろんなスポーツがあるものだな、と改めて思う。

このところ、なにを観ていただろうか。

朝はＢＳ放送でメジャーリーグの野球。

アメリカ各地で開催されているゴルフ・ツアーも、佐渡充孝や田中泰次郎といった懐かしい若い仲間の解説で観る。

昼間は、ツール・ド・フランス、世界トライアスロン、大相撲もあった。夜は日本のプロ野球。そうだ、世界水泳もあったし、中国では卓球が行われた。

　八月になっては高校野球。甲子園の前の神奈川大会、関東各地の試合から観ていた。というより、テレビをつけっぱなしにしていた。


　テレビの上のシェルフには、未紗の祭壇があるので、テレビを見ながら未紗を見ていた。むしろ未紗に目を向けていることのほうが多い。

　未紗を見ながらいろいろと話しかけている。

　テーマとか話題があるような話ではない。


　例えばＭＬＢの試合がヤンキース・スタジアムで行われていれば、

「この球場には何回も見に行ったね。松井がすぐ近くまで走ってきたこともあった。でも、あの球場とここは違うんだよ。すぐそばに新しい球場ができたんだよ。新しいところには連れて行けなかったね」

　ね、未紗。


　ゴルフ・ツアーでサン・ディエゴのコースが映し出されると、

「このコース、行ったことがあるな。パブリック・コースなのでものすごく混んでいて、結局９ホールしか回れなかったけど、風のきつい面白いコースだった。未紗がレギュラー・ティから回っていて、係員に赤ティからどうぞって注意されたりした。覚えているかな。そういえば、サン・ディエゴの高級リゾートの街、ラ・ホーヤに住もうかって本気で考えたこともあったね。いまの葉山にちょっと雰囲気が似ているかな」

話が飛ぶ。

いい加減に眺めているテレビからでも、話題は尽きることがない。

もし誰かがこの部屋にいたとしたら、かなり不気味な状況ではないだろうか。

こんな時間帯、プーリーとドゥージーはほとんど私と同じソファベッドで、私の両側か、くっ付いて片側。そうでなければどちらかが膝の上で眠っている。

彼らには未紗の声が聞こえているのかもしれない。


こんな私の毎日。どういえばいいのだろうか。

悠々とした隠居生活？

孤独な独居老人？

いや、やはり「引きこもり老人」。これがぴったりかもしれない。

一日中、まず誰とも話さない。電話はほとんどかかってこないし、かかってきても登録していないものには出ない。

「引きこもり老人」が、唯一動き出すのは夕方近く。

そろそろ涼しくなったころにやってくるのが山口治美さん。

しばらく前からお世話になっているペットシッターだが、加えて私の孤独死対策見張り役。

家族も近所付き合いもない私なので、毎日森戸海岸や、近くを犬連れで歩いている治美さんに、仕事として日に一回うちの二匹を散歩させてくれないか、と頼んだのだ。

そうすると、私が孤独死していないか、倒れていないかがわかる。

もしそうなっていたら、どこに電話してほしいなどと書いて置いてある。

だから、夕方近く決まった時間に来てくれるのだ。

治美さんは日に何件、何匹もの犬を抱えているので、あまり時間はない。

私と治美さんとで二匹の犬を連れて、早速浜に出る。

この時間、まだまだ海水浴客は残っているが、もう彼らの時間ではない。私たちと犬たちのときだ。

森戸海岸を端から端まで歩くうちに何人もの顔見知り、何匹もの犬見知りに会う。

治美さんは彼らと言葉を交わし、犬を交わしするが、私は黙って近くで待っている。

散歩のおしまいは、海の家「ノア・ノア」。

プーリーとドゥージーに引っ張られて入っていく私たちに、なにもいわずとも大きなボウルの犬水と

生ビールが出てくる。グループ客などで混んでいるときには、予約席の札と共に一席用意されている。

この常連扱いの気分のよさ。「ノア・ノア」だけには、なにか心開ける気がしている。

私たちのためだけらしい新たなメニューが加わった。

「ノア・ノア」の店長格に、ゴリさんという男性がいるが、この男、なかなかの料理自慢、アイディア自慢で、そのときにある材料を使って、海の家とは思えないひと皿を作って出してくれる。

モヤシ、チャーシュー、クラゲ、ニンジンなどをバルサミコで和えた洋風ナムルだったり、モロヘイヤとオクラ、モズクなどで温泉卵を包んだ「美容と健康」ディッシュだったりの日替わり。

夕方になると懸命に考えてくれているんだろうな。

この特別料理、オリジナル・ディッシュをゴリさんにリスペクトして「ゴリジナル」と名付けた。

この、散歩と「ノア・ノア」での、合わせて二時間ほどが、私の一日の「黄金のとき」ともいえる。

ある夕刻、こうした黄金のときを過ごしていると、突然大音量の日本民謡が流れてきた。

そうだった。この日は森戸海岸の盆踊りの夕べ。

身体を傾けて見ると、少し離れた浜に多くの提灯が、広い一画を囲んでいま点灯されたようだ。

まだ明るいのに早くも踊りだしているひとたち。中には水着姿の女性も、子供の姿もある。

しばらく音だけで過ごし、ビールを重ねた後、犬たちのトイレの限界も察したので、「ノア・ノア」を出て踊りの輪に近づいてみた。

踊りの向こうに黄昏どきの暗い海。

その海になにかの光が映えて、幻想的な眺めにもなっている。

民謡は、月が出た出た、や、めでためでたの若松さま。聞いたことのある歌、有名な民謡のオンパレード。

チョチョンがチョイ、のお約束の合いの手もすっかり耳に馴染んだ。

数曲のあいだに「葉山音頭」が必ず挟まれる。回数が一番多いので、耳が慣れてしまった。

「富士のお山を波間に浮ーかーべ」

はい、チョチョンがチョイ。


盆踊りを眺めているうちになにかを感じた。感じた気になった。

そういえば、未紗の新盆ではないか。

新盆には、盆踊りの歌と踊りに迎えられて、死者の霊が帰ってくる。

未紗はこの盆踊りの輪の上に、帰ってきているのだろうか。

しばらく、動けなかった。

――いま想うこと

ペットシッター兼監視人の山口治美さんは、この文章にこの先も幾度も登場してくれるが、私たちにとってなによりも重要な、深い関わりを持った女性なのだ。

このころ、私とみゆきはまだ親しくなっていない。

浜の散歩で、シェパード犬、スーちゃんことスプライトを連れて歩いているみゆきとは幾度かすれ違っていたが、ただ軽く頭を下げる程度で、話をすることはなかった。

治美さんがいなかったら、私たちはそのままの他人で居続けたかもしれない。

私は「引きこもり老人」であり続け、みゆきは誰かと親しくなり、結ばれていったかもしれない。

ずっとのちにみゆきが、嘘か本当か、いったことがあった。

「あのころから、テリーのことはずっと気になっていたの。素敵なひとだな。好きだなって。でも、話しかけられないから」

治美さんに尋ねたという。

「お付き合いしてらっしゃるの？」

治美さんにあとで聞くと、

「そうなんです。お付き合いしてるのって何度も聞かれました。だからわたしは、テリーさんには未紗さんという忘れられないひとがいます、といったんです」

まさかこんなことになろうとはね、と笑っていた。

こんなこともあったそうだ。


私に関心を持ったみゆきは、親しい年長の女性に、私への思いを打ち明けたが、それが私の近所のひとなので、こう教えてくれたそうだ。

「ベランダで、治美さんとビール飲んでたわよ」

「治美さんと一緒にゴミ出ししてたわよ」

周りにはそう見えたのか。

みゆきは、いまいう。

「あのころ、治美ちゃんが羨ましかった」

そんなみゆきの心が、私に伝わっていたなら。


こういうことに、私は鈍感なのかもしれない。

II 美と芸術の女神

『ベニスに死す』のように

小さなベランダに出る。

ワイン、ビールにはまだ早い。

間もなく治美さんが来て、プーリーとドゥージーを浜の散歩に連れ出してくれ、私も一緒に歩く。

目の前の浜には、まだ明るい夕日が降り注いでおり、日曜だからなのか、幾組かの家族、グループがくつろいでいる。

秋の穏やかな森戸海岸の姿だった。

しばらく穏やかさに浸っているうち、私の心はあてもなくさまよい始めた。半分眠っているように。

最近の私は、酒の飲み方が変わってきたようだ。いや、酔い方が、酒の残り方が変わった、というべきか。

年を取って弱くなったのではなく、むしろ酒には強くなった気がする。

以前は、持病の二日酔い、と自分でもいっていたように、午前中はいつも頭が重い。胃がむかつく感覚は日常的で、長年それに慣れ親しんでいたが、いつのころからだろうか。

その感覚が「死」に近づいてきたのだ。

外で飲んで帰って、二匹の犬をそばに置いて飲み直す。

そんなとき突然胸が締め付けられる苦しさに襲われ、ああ、これ以上飲んだら死ぬな、と実感することがあった。というより、多くなった。

胸が締め付けられ、脳髄が頭の中で揺れる。ふわふわ浮いて、漂っている。そのまま溶けるか崩れるか。そんなフラジャイルな感覚。

すーっと死の世界に吸い込まれていく気分だった。

そのようなときにはさすがの私も、グラスの中身を水に変えて横になる。

翌朝、恐る恐る目覚めて、ああ、まだ生きている。

「臨界意識」は消えることなく、最近まで形を変えて現れていた。

幸か不幸か、私の「臨界」はすんでのところで留まってくれていたようだが、それがここしばらく、やってこない。

かなり飲み過ぎたな。明日朝が大変かな、と覚悟はしていても、翌朝四時か五時には目覚め、身体は自然に動いて、犬のトイレの掃除、シーツの張り替えをして、再びベッドに。

眠ることもあるし目覚めたままのときもあるが、次に起き上がるときの気分は極めて良好だ。

つまり、持病の二日酔い、はいまほとんど現れない。


どうしてか。

思うに、これには未紗が関係しているのだろう。

胸の苦しさも、頭の崩壊感覚も、その原因は未紗がいたことだった。

病院であれ、施設であれ、私は未紗のそばに日に数時間はいた。

酒は、未紗のもとから帰ってからだが、完全に心をほどいて飲むことはできない。

いつ、すぐ来てください、の電話がかかってくるかわからないし、事実三回その電話があった。

私は、酔うまい。酔ってはいけない、と自分自身を引き締め、押し殺して、それでも飲んでいたのだ。飲まずにいられなかったから。

大きなストレスを抱えたまま、それでも飲んでいた。

その呼び出しは、六月二十八日の四回目が最後になった。


いま、そのストレスが消えた。

未紗がいなくなったというか、この狭い部屋で、いつも未紗と、未紗の心と一緒にいる。いつも未紗を感じていられる。

もう呼び出しの電話はない。

だから安心して酒が飲めるし、安心して酔える。

こうして、ベランダの椅子で、海を見ながら。

そして、このまま眠るように死んでいく。

映画『ベニスに死す』のように。


そうだ。

私は、死を待っているのかもしれない。

いつ死んでも、もういいのだから。

山口治美さんが来たようだ。

――いま想うこと

意味不明な文章だが、このころの本心だった。

いつ死んでもいい。

海を眺める椅子に座って、眠るように死んでいきたい。

ヴィスコンティの映画『ベニスに死す』のダーク・ボガードのように。


未紗がいなくなって、というか、白い粉になって、十字架になって、この狭い部屋に帰ってきて、私にはすることがなくなった。

未紗より先に死んではいけない、という思いが強く、懸命に抑えて酒を飲んでいたのがふっと解き放たれた。

いつ死んでもいい。未紗はもういないのだから。

海に向かって、すーっと死んで行ければ、どんなに楽か。

私はむしろ、死を望んでいたのだ。

二匹の犬のことだけは心残りだったが、プーリーとドゥージーは、私亡きあと、山口治美さんが見てくれることになっていた。

死を考えるとき、必ずといっていいほど『ベニスに死す』を思い浮かべるのだが、その思いはやがてみゆきへの思いにつながっていく。

エスメラルダ物語

近所に「エスメラルダ（Ｅｓｍｅｒａｌｄａ）」というカフェレストランがあるのは、当然知っていた。だがほとんど毎日のように訪れるようになったのは、ほんの二か月あまり前のこと。

八月末までは、私の部屋のすぐ前に海の家「ノア・ノア」があり、犬たちの散歩の後は、必ずそこでビールと軽い食べ物、というのが日課になっていた。

「ノア・ノア」も、私のためだけに、メニューにはない「ゴリジナル」を出してくれるので欠席しにくかったこともある。

それに帰るにもすぐ横のマンションの階段を上がればいいのだから、遠回りしてほかの店に行く気にならなかった。

八月末日に「ノア・ノア」の季節が終わって、浜ががらんとなっても、今日はノー・ノア・ノアだよ、と犬たちにいい聞かせ、マンション階段から帰る。

犬たちにとっては、同じだったかもしれないが。

ある夜、山口治美さんから電話があり、

「みゆきさんと「エスメラルダ」にいるんですけど、いらっしゃいませんか」

という。

プローみゆきさんのこと。

みゆきさんとは、しばらく前に治美さんに紹介されて以降、幾度か浜で会い、立ち話はするようになっていたのだが、そんなとき、

「テリーさんのご本を読みたいんですが、タイトルを教えてくださいな」

とはいわれていた。アマゾンで買う、という。

立ち話でいえることでもなく、メモもなかったので、それきりになっていたのだが、それを思い出して、自著のうち二冊を選んで持っていくことにした。

私のことを知ってもらうには、これがいいだろうと『ぶなの森の葉がくれに』と『想い出だけが通りすぎてゆく』の、自伝風の二冊を持参したのだが、この夜がみゆきさんと深く話をするようになったのと同時に、「エスメラルダ」に日参するようになった記念すべきときなのだ。

「エスメラルダ」の話を続けよう。

エスメラルダとは、ポルトガル語で〝エメラルド〟のことなので、ポルトガル料理か、さもなければ

ブラジル料理かと思っていたが、実は多国籍料理。

ランプ、オチボ肉の素敵においしいステーキは、ワサビで食べると感動的だ。

生ガキ、蒸しガキ。地ダコのアヒージョ（Ａｊｉｌｌｏ）はスペイン。

チャイニーズとは思えないメキシカン（？）なチャーハン。

メキシカンといえば、ハラペーニョはパクチーが包みこまれていてオリエンタルなひと皿。

アオリイカの刺身は、本当ならワサビ醤油で食すのだが、

「イタリアンにして」

という私のわがままで、オリーブオイル、ハーブ、黒コショウ、岩塩で、ブオーノな一品に変わった。

私の食生活は、「ゴリジナル」もよかったが、この店のおかげでさらにおしゃれなものとなった。

だが、「エスメラルダ」といえば、私にはもっと大きな意味を持つ。

ヴィクトル・ユゴーの『ノートルダム・ド・パリ』。

「ノートルダムのせむし男」なるとんでもない邦題の映画が上映されたこともあるが、つまりカジモドという容貌魁偉、無教養な男が、ノートルダム寺院の司祭に拾われて、この大教会の鐘つき男になる。

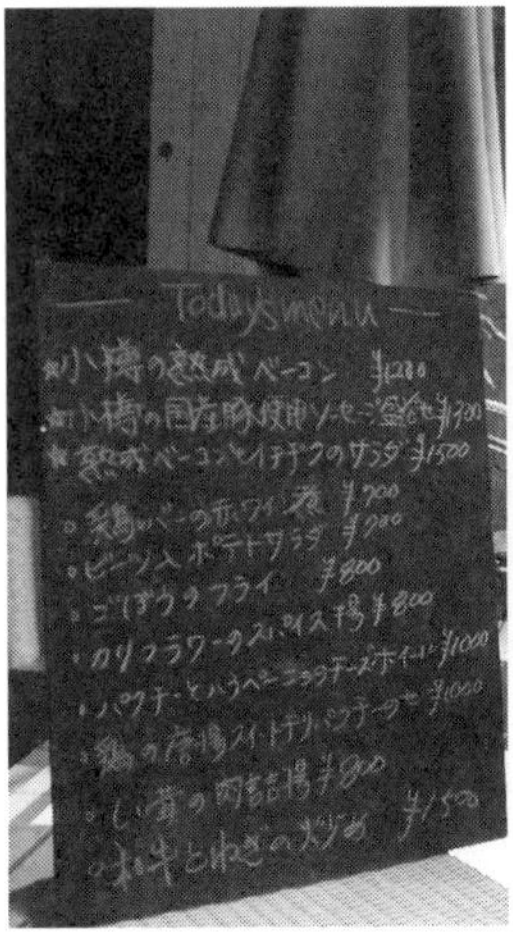

いくつもの出来事を経て、カジモドは身も心もノートルダムと一体化し、教会の一部となっていくのだが、そんな彼の前に現れたのが、ジプシー女（いまはロマ人種といわなければならないか）のエスメラルダ。

醜さゆえに、大衆にいじめられ、虐待されていたカジモドに、ただひとり温かい手を差し伸べてくれたエスメラルダに、カジモドは激しい恋慕の情を抱く。

というよりエスメラルダを女神かマリアのように崇め奉り、そのためには命さえ投げ出すほどになるのだった。

そしてやがては恍惚の悲劇へと進む。

というユゴーの名作だが、カフェレストラン「エスメラルダ」のテラスのテーブルで、お互いの犬を足元か膝に置いて、こんな話ができる相手はみゆきさんしかいない。

まだみゆきさんのことを深くは知らないが、私が「エスメラルダ」に通うのは、そんなひとときを持ちたいからでもある。

このひとのことを、もっと知りたい。

いま、そんな思いに駆られている。

みゆきさんとは、「エスメラルダ」と『ベニスに死す』を媒介として、ゆっくりと親しくなった。

余談もひとつ。

『ベニスに死す』のラストシーンで、リド島の浜の椅子に坐って、老いたダーク・ボガードが眠るように死んでいく。そんなラストを自分も迎えたいと思っていたことがあるんですよ」

そんな与太話をみゆきさんにしたことがあるが、すると彼女は『ベニスに死す』のビデオを早速借りてくれ、

「あの主人公がベニスにやってきた客船の名前が『エスメラルダ』だったんですね」

私がすっかり忘れていることを教えてくれた。このひと、凄いよ。

美貌と教養を共に備えた女性に、本当に久しぶりに会ったような気がした。

――いま想うこと

この文章を発表したとき、私はみゆきにちょっとした秋波を送ったつもりだったのかもしれない。

みゆきが読んでくれるのは間違いなかったから。

だがみゆきは、読んだともいわず、涼しい顔をしていた。

みゆきも私の気持ちを測っていたのかもしれない。

それはともかく、みゆきとはしばしば「エスメラルダ」で会うようになった。

私が犬たちを足元に「エスメラルダ」のテラス席で、とりあえずビール、していると、浜の方角から大きなスーちゃんを連れたみゆきが現れる。

初めのころは隣のテーブルに坐っていたが、そのうち同じテーブルに向かい合って坐ってくれるようになった。

いまのように椅子をくっつけ合うようになったのは、それからずっとのちのことで、私たちが誰もが認めてくれる深い仲になってからのことだ。

「エスメラルダ」では、海の家と違って本格的な食事になるので、ビールからワインに移ることが多い。そこにみゆきが加わると一本では済まない。

みゆきと私は、共通の話題が多く、ほかのひとたちとはなかなかしにくい、わかってもらえないようなことも、じっくりと、幅広く話していられる。

みゆきも酒には強いので、次々にグラスが空いていく。

そして帰宅してからもまた少し飲みなおすので、酒量はかなり増えていたはずだが、それにしてはあのところ体調はよかった。死ぬかもしれない、といった感覚には二度と襲われなくなっていた。

気分のいい酒だからだろう。

そして、みゆきのおかげだったのだろう。

美と芸術の女神か

改めてプローみゆきさんを紹介しよう。

プロー（Ｐｕｒｒｏ）みゆきイザベル。これが本名。

スイス人の父、日本人の母のもと、東京で生まれ育ち、高校、大学とピアノを学び、プロのピアニストとなる。

その傍らステージ、雑誌などのモデルとしても活躍する。

と書くとお父さんがプローさんなのかと思うが、お父さんの名は、マックス・エッガー（Ｍａｘ　Ｅｇｇｅｒ）。

と聞いてはっと気づいたひとは鋭い。

実は私も知らなかったのだが、世界的な、巨匠ともいわれたピアニスト。

　戦後しばらくして来日し、幾度かの往復ののち、日本を中心に活動するようになり、各地で演奏会や指導を行った。

　ショパン、シューベルト、リスト、ウェーバーなど、高度なテクニックを要する曲を得意としながら、そこに豊かな情感を込める曲想は、

「馥郁たるロマンの香り」

「ヨーロッパの感性」

と、高く、大きく評価されたという。

　とすると、みゆきさんは当然この巨匠からピアノを教わったのかと思うが、

「父はあまり教えてくれませんでした。私も怖くて、教えて、とはいえなかったし」

という。

　ただ、みゆきさんが長じたのち、

「聴いてあげよう」

といわれ、怖さと緊張の中、何曲か聴いてもらうようになった。

「父には、細かい技術ではなく、全体的な流れや心の動き。盛り上げ方、抑え方をいわれました」

　それがかえって、みゆきさんのピアノに奥行き、広がりを与えること

となり、彼女自身も、

「ヨーロッパの雰囲気を持つ」

と評されるようになった。

マックス・エッガー師は、九十二年の長寿を全うし、没した。


みゆきさんの出自は、こうして素晴らしいものだが、そのひとがどうして葉山に住むことになったのか。

ピアニスト、モデルとして活躍し始めたころ、みゆきさんは結婚した。

相手は、やはりスイス人のプローさん。

ふたりの子供に恵まれた。ということは、みゆきさんがハーフなので子供たちは、スイス四分の三、日本四分の一。


一家はやがて、プローさんの仕事の都合でアメリカに渡り、カリフォルニアで八年間暮らした。

そして三年前、みゆきさんはひとり、いや犬のストライプとともに日本に帰ってきた。

娘さんはひと足早く帰国し、日本の大学を出て、いまある大企業に勤め、東京でひとり暮らし。

息子さんはアメリカに残り、現在大学生。来秋卒業だが、ずっとアメリカにいるつもりだという。

このふたりの姉弟にも会ったが、素晴らしい美男美女。みゆきさんだけでなく、プローさんがいかにハンサムだったかがわかる。

こうした素敵なひとと知り合いになり、親しくしてもらい、なにかと誘ってもらい、私の日々は豊かになりそうだ。

みゆきさんはいま海の近くに広壮な家を借り、「ミユキハウス」というピアノ教室を開き、多くの生徒を教えているが、そのほかには週に一日か二日、県内の女子高で音楽を教え、フランス語の講師も務めている。

このひとは、英語、フランス語のほかドイツ語もネイティブ的。

さらにはケーキ作りにも才を発揮し、「エスメラルダ」には「みゆき先生のガトーショコラ」なるメニューもある。

才気煥発、才色兼備とはこんなひとのことをいうのだろうが、少しもそんな高み、権威などを感じさせず、物静かで優美な雰囲気を漂わせているのがますます魅力的だ。

先日「ミユキハウス」に招かれた。

「ピアノを聴きにいらして」

といわれ、ひとりではなんだからと治美さんも伴って、夕方の一時間ほど過ごした。
私たちのためだけのコンサート。
シューベルト、ショパン、ブラームス、バッハ、リスト。
そして私の知らなかったアメリカの作曲家。
さすが父譲りの感性。
馥郁《ふくいく》たるロマンの香りも、ヨーロッパの雰囲気も充分に堪能できた。
治美さんなどは、感動で涙ぐむほどだった。
「こうして聴いていただくことが、私の練習にもなるんです」
ときどきいらしてください、という。
どこまでも奥ゆかしい。

蘇ったJAZZ

「ご一緒しませんか」

と誘われて、出かけることにした。

鎌倉のジャズクラブ「ダフネ（Daphne）」で素敵な演奏会が行われるという。

誘ってくれたのはみゆきさん。


秋のある夜、バスと電車を乗り継いで出かけた。

バスで十五分、電車でひと駅。それなのに私に鎌倉は久しぶりだ。

まだアメリカに移るはるか以前には、なにかと湘南に出かけていたし、帰国しても東京にいたころには、しばしば湘南に遊んだものだった。

だが葉山に越してきて、いつでも簡単に行くことができるようになると、かえって鎌倉は遠くなった。葉山に、遊び場、見どころ、食べどころがあふれていたからかもしれないが、鎌倉は私の歓心から消えたのだった。

鎌倉は変わっていなかった。

駅前も、街なかも、小町通も以前のままだった。夜に入っていたので昼間ほどのさんざめきはなかったが、温かい街灯のもと、かえってひそやかな情感を感じることができた。

みゆきさんと肩を並べて歩き、大通りと小町通りのあいだ、鳩サブレの小路を入った場所に「ダフネ」はあった。

建物の外から続く階段を上がって、重いドアを押す。

そこには外界と全く違った、別世界に入り込んだかの、濃密な光景と空気があふれていた。

店を埋め尽くすフロアいっぱいのテーブルにも、豊富な酒瓶を背景にしたカウンターにも、大勢の先客たちが開演を待っている。

不思議なことに若いひとは少なく、ほとんどが中年以上か、中には私とさして変わらない年ごろの客もいる。その多くが多分夫婦だろう。

往年のジャズ愛好家たち。そんな雰囲気の客たちがまた、この場の時代離れな気配にうまく調和している。

そう。今夜の歌手、演奏家たちは、いずれもジャズ界のレジェンドともいわれるメンバーなのだ。

みゆきさんが早めの予約をしてくれていたおかげで、ぎりぎりに来た私たちでも、ステージ前のいいテーブルに坐ることができた。

近くのテーブルの客たちの数人は、みゆきさんの知り合いらしく、私に紹介してくれる。

カリフォルニアに住んでいたころ、コンサートなどによくご一緒した方。

戦前からニューヨークにお住まいで、最近お帰りになったご夫妻。（戦前！）

この奥さんも、以前ジャズを歌ってステージに立っていらしたんですよ。

中に顔見知りのご夫妻がいた。

誰だったかな。

考えているとみゆきさんが教えてくれた。

森戸海岸に住んでいらして、テリーさんと同じにフレンチ・ブルドッグをお飼いになっている方。

思い出した。浜でしばしばすれ違うひとだった。

「こちら、葉山のテリーさん」

「はい。存じ上げてますよ」

イヌトモというのは、犬が一緒でないとわからないものだ。


そうこうするうちに、店内がすーっと暗くなり、代わってピアノ、ベース、ドラムスが並ぶステージが明るくなって、コンサートが始まる。

三人の演奏家が客席の中を通ってステージへ。

演奏前の口上は、ピアニスト。

自分も含め三人の紹介を聞いて、私の心にざわめきが広がった。

凄いメンバーではないか。

ピアノ　　青木広武
ベース　　井島正雄
ドラムス　出口威信

そしてピアノの上にひとつ写真の額が立てられていて、その人物は、ヤス岡山。

この七月に亡くなったそうだ。往年の名ドラマー、というより亡くなる直前までドラムを叩いていたという。

そして、いまのドラムス、出口威信はヤスの最後の弟子になるそうだ。この出口の名前だけは知らなかった。三人の中で圧倒的に若い。


ベースが先行する形で最初の演奏が始まった。

『りんご追分』！

聞きなれた美空ひばりのメロディが静かに響く。


りんご～の花びらが～

かぜ〜に散ったよな〜


だが、曲は転調、破調、変調を重ね、全く違う曲に。

まさにこれはジャズだ。

ニューヨークの「ブルーノート」などで聴いた、あのジャズだ。

　そこにはもう美空ひばりはいない。
　私たちをニューヨークに導いた曲は、やがて再び『りんご追分』に戻り、拍手と感嘆の中、静かに終えた。

　この日のメインボーカルは、細川綾子。

　伝説の、ジャズシンガーのレジェンド。年は私よりもいくつか下。戦後の進駐軍（！）キャンプで歌い、その後苦節を重ねながらアメリカに渡り、ニューヨーク、サンフランシスコ、ロサンゼルスなど各地で成功。さらにはヨーロッパでも名を知られる「世界のアヤコ」となった。

　現在はサンフランシスコに住み、日本に帰るのは年に一、二回。

　みゆきさんもカリフォルニア時代、しばしば聴きに行き、友達付き合いになったという。

細川綾子がステージに上がる。

想像していたよりずいぶん小柄な女性だ。街で見かけたら、ちょっとお洒落なおばあさん、といった感じだ。

だが、歌い始めるとその印象は激変する。


『Beyond the ocean』

『Jack the knife』

『Birth of Blues』


懐かしいスタンダード・ジャズが次々に溢れ出る。

なんという迫力。なんという包容力。なんという優しさ。

私だけではない。この店のすべての客が、細川綾子の世界に引き込まれていたはずだ。

いやぁ、来てよかった。

その昔、未紗と幾度も訪れたニューヨークのジャズクラブが蘇っていた。

III ふたつの心のためらい

虹の橋の伝説

新しい年に変わった。

ということは、未紗が逝ってから半年たっているわけだ。

私とプーリーとドゥージーが残された。

未紗ひとりが逝ってしまった。

私には山口治美さんやプローみゆきさんという、ハートウォーミングな友達、仲よしが生まれたが、未紗はひとり違う世界で、寂しがっていないだろうか。

いや、未紗には五年前に先立って逝った猫のミンミンがいるはずだ。アメリカで我が家にやってきて、日本に一緒に来てくれて、十六歳で旅立っていったミンミンが。

天国で未紗は、五年ぶりにミンミンに会って喜んでいるに違いない。

そう思おう。

十八世紀のロンドンにブレイクという詩人がいた。
ウィリアム・ブレイク　Ｗｉｌｌｉａｍ　Ｂｌａｋｅ（一七五七〜一八二七）
幼少時代から、窓の外に天使の姿を見たり、神の世界が現れて見えたりし、長じてはそれがそのまま詩となってほとばしり出、「幻視の詩人」と呼ばれるようになった。
このブレイクに「虹の橋の伝説（Ｌｅｇｅｎｄ　ｏｆ　Ｒａｉｎｂｏｗ　Ｂｒｉｄｇｅ）」という詩がある。

『虹の橋の伝説』

天国の手前に「虹の橋」はある
この世でひとの友として生きた動物たちが暮らしている

美しい草原
緑の丘
それは動物たちが駆け回って遊ぶところ
好物は食べ放題

きれいな水も溢れている
毎日温かい太陽に包まれて
みんなみんな小さな友が
のどかに幸せに暮らすところ

病に倒れた子も
年老いて逝った子も
みんな若さと健やかさを取り戻し
傷ついた子も
障害を持った子も
みんな夢に見た昔の
元気な姿に還っている

どの子もこの上ない幸せに満ち溢れている

ひとつだけの気がかりは
あとに残してきた友のこと
悲しんで送り出してくれた人間のこと

それもいつかは来るだろう
駆け回り遊んでいて
ふと立ち止まり
遠くの丘に目を向けるときが
いつかは来るだろう

友の口笛が聞こえ
自分の名を呼ぶ声がして
喜びに目を輝かせ
うれしさに身を震わせる
そんな日が来ることを

そして子は
群れを離れて草原を走る
勢いよく弾んで走る

そう

友は遠くにあなたの姿を見たのだ
とうとう待っていた再会のとき
あなたは友を強く抱きしめる
この懐かしい友と
二度と離れたくないから
顔じゅうに口づけを受け
昔のままの可愛い頭を撫でる

友は昔のままの汚れのない瞳で
あなたを見つめる
ずっと前に別れてから
決して忘れることのなかった
友の目だ

さあ、愛する友と一緒に
橋を渡ろう
天国へと続く「虹の橋」を

未紗は、ミンミンと一緒に「虹の橋」を渡ったろうか。
未紗の写真に問いかける。
未紗は少し微笑んだようだ。
穏やかな冬が続いている。

――いま想うこと

この詩を思い出して、読み返して、書いたこのころ、私は未紗に対して少し申し訳ない気持ちになっていた。

私にはみゆきという素晴らしい隣人ができ、まだ恋人とまでは到底いえないにしても、「引きこもり老人」時代には考えられないほど穏やかで、優しい日々を送ることができている。

未紗の小さな祭壇は、やはり部屋のキャビネットの上段に飾られているが、そこに向かって語りかけ、呼びかけることが、少なくなっている気がする。

そんな申し訳なさが、この詩を思い出して、ミンミンがいるじゃないか、といった思いを未紗に送ったのかもしれない。

ずっとのちに、そのことを話すと、みゆきは笑顔でこういってくれた。

「わたし、未紗さんに対してマイナスな思いはこれぽっちもないわよ。それどころか、未紗さんを大切に思っているテリーの気持ちを、テリーに大切にされている未紗さんを、わたしも大切にしなければって思っているのよ。わたしがテリーと一緒になっても、未紗さんがどこかに行ってしまうんじゃないの」

　こうもいった。

「テリーとわたしと未紗さんは、これからもずっと一緒にいるのよ」

これを聞いて、私は少し泣いた。

みゆきの、天使のような心がうれしくて。

　年を取ると涙もろくていけない。

ホイリゲな夜

　ウィーンには二回しか行っていない。

　最初は目的がザルツブルクだったので、ウィーンには一泊しかしなかったが、次に二週間滞在したときもまったくの観光客。

　ドイツ語ができないので、英語のガイドブック片手に、毎日毎日せっせと有名観光地を見て回った。

シェーンブルク宮殿、ベルベデーレ宮殿など、ハプスブルク家ゆかりの名所。

シシィの名で知られる美貌の皇妃エリザベート名残の品々が飾られた記念館。

考古学美術館をはじめとしていくつもの美術館。クリムト、エゴン・シェーレ。

シュテファン教会そばのモーツアルト記念館。

そのモーツアルトも眠るといわれている街はずれの広大な墓地の、映画「第三の男」でアリダ・バリがひとり歩いたあの並木道も歩いた。

いま思い出しても恥ずかしくなるような、完全なるお上りさん。

フランスやイタリアでのように、地元のひとたちの中に入って、地元のひとのように暮らすといった日々には遠い二週間だった。

だがそんな旅の中で、唯一といってもいい、満足できる思い出が、ウィーン郊外の小さな町を訪れた日のことだった。

ベートーヴェンが「第九交響曲」を書いたという小さな家を訪ね、広い葡萄畑で道に迷い、ようやくたどり着いたのがホイリゲと呼ばれる、居酒屋というかワイナリーというか。

そうか。ビアホールならぬワインホールといえばいいのか。そんな店だった。

広い庭に広がるオープンなテーブルで、地のワインを飲み、ハムを食べ、パンをむしった。

ウィーンの思い出の中で、忘れられないひとときであった。

なぜこのような古い話を蒸し返したかというと、そのホイリゲに行ってきたからだ。

ウィーンに行ってきたわけではない。バスで十五分。逗子駅近くの逗子文化プラザ。その、さざなみホールで「ホイリゲ（ｈｅｕｒｉｇｅ）・パーティ」なる企画。そこに招待された。

「ホイリゲって、新しい、という言葉なんですけど、ここでは新しい年、という意味にも使われていますね。だから、ホイリゲ・パーティといえば、新酒を飲む集まり。さらに近年では、時期にこだわらずワインを飲む場所。ワイン専門の居酒屋のことをいいます。テリーさんがいらしたのも、秋ではなかったでしょう」

バスの中で教えてくれたのは、このところ仲よくしてくれているみゆきさん。

スイス人の父を持ち、ウィーンが第二の故郷というみゆきさんは、この日のパーティにはまたとない強い味方だ。パーティのあいだ、私はみゆきさんのうしろに隠れているかもしれない。なにしろ気が小さいもので。

私たちが入ったときには、ステージを備えた広いホールにはすでに百人ほどのひとが揃っていた。縦五列に並べられたテーブルに、それぞれが向き合って坐る着席スタイル。

私とみゆきさんにも向き合った席が用意されていたが、横に並ぶように変えてもらった。みゆきさんにはいろいろ解説してもらわなければならない。

このパーティは逗子に本店を持つワインショップ「ａ　ｄａｙ」の松尾明美さんの企画によるもので、ウィーンに長らく続くワイナリー、ワイングート・ツァーヘルから四代目当主、アレキサンダー・ツァーヘル氏が招かれている。

そのツアーヘル氏の挨拶から始まったパーティでは、白、赤のワインが次々とグラスに注がれ、招待客たちの会話がさざ波のようにひろがる。

ワインはもちろんウィーンのもので、ゲシュター・ザッハという、幾種かの葡萄をブレンドした独特の製法。混植混醸、というそうだ。

フランスものともイタリアものとも違い、新鮮だが、軽過ぎず、重過ぎず、渋過ぎない。いってみれば、大人の味か。

ことに白は、甘いドイツワインを予想していたが、驚くほど爽やか。といってシャブリのお澄ましとは違い、むしろ肉料理に合うようだ。

隣の紳士も同じ感想を述べていた。お主、なかなかやるな。

テーブルには食事も出ていたが、料理というよりおつまみ。ビーフのパテ。卵のスプレッド。ポテトのチーズ寄せにパン。割り箸が添えられているのが微笑ましい。

若い客は少ない。夫婦連れが多いようだが、中には見た顔のひともいる。あの方は××さん。あちらのご夫婦は○○さん。

みゆきさんが教えてくれる。

逗子、葉山に住むワイン好き、音楽好き、オペラ好き。そんなひとたちだそうだ。さすが湘南、といいたいが、東京からわざわざやってきたひともいるという。

それにしても、葉山歴三年のみゆきさんのなんという人脈の広さ。質の高さ。

そのみゆきさんがいう。

「今夜はオペラの夕べでもあるので、テリーさんにオペラの解説をお願いしようと思っているんですよ」

また～。プレッシャーをかけるんだから。

というわけで、パーティ半ばから、広間にはオペラの曲が流れる。

　ピアノ　・鈴木架哉子
　ソプラノ・村瀬美和
曲は当然オーストリアのもの。

モーツアルトが主でレハールも続く。

軽いソプラノがいくつか流れ、そしてこの夜の真打、川上敦さんが登場。

白いタキシード姿のこのひと、プロのオペラ歌手ではない。本業は金融業、金融解説者だが、サンデー・バリトンとしてオペラを中心に活動している、いわばディレッタント。湘南でのこうした集いには欠かせないひとだ。

だからこのステージは「川上敦とその仲間」と名付けられている。

その川上さん、アマチュアっぽく少々照れながらも、歌い、踊る。

やはりモーツアルトが中心で、「フィガロの結婚」から三曲、「ドン・ジョバンニ」からも三曲。

「フィガロ」では、好色な領主がコケティシュな小間使いスザンナに手を出そうとして逆にからかわれる場面。

「ジョバンニ」では、色事師のジョバンニが村娘ツェルリーナに手を出して肘鉄を食らう場面。

共にモーツアルト得意のコメディ・リリーフだが、これを川上敦と村瀬美和が歌い、踊る。

「スザンナもツェルリーナも脇役だけど、若いソプラノの登竜門、試金石として大事な役です。マリア・カラスもこの役から飛び立ったといわれています」

よかった。みゆきさん相手に少し知ったかぶりができて。

みゆきさんも、当然知っているはずなのに、そうなんですか、と、気を使ってくれている。

ステージを終えて降りてきた川上敦さんにいわれた。

「佐山さんになんと書かれるか心配ですよ」

このひともプレッシャーをかけてくる。

パーティのフィナーレは、ピアノによる「ラデツキー行進曲」。ヨハン・シュトラウス一世の、珍しくワルツでない曲。というより、ウィーンのテーマ曲といってもいい曲で、ウィーンでのほとんどのコンサートで結びの曲として演奏される。

クラシック音楽ではまずありえない手拍子が、ホールいっぱいに広がる。

「オーストリアに占領されていた時代のイタリアに独立運動が起こって、それを鎮圧したのがラデツキー将軍です。その栄誉をたたえて作られたのがこの曲で、オーストリアの国民曲ともいえますね」

知ったかぶりをしてからはっと気づいた。このことならみゆきさんのほうが、はるかに詳しいはずではないか。

焦った私は、

「イタリアにとっては屈辱だったはずのこの曲が、いまではイタリアでも好んで演奏されていますね。日本の隣のどこかの国では考えられない話でしょうが」

さらに余計なことを口走ってしまう。恥の上塗り。

みゆきさんは笑顔で聞き流してくれた。

帰りの道すがら、みゆきさんは、

「素敵なエスコート、ありがとう」

礼をいわれた。

初めてふたりで出席したパーティであった。

――いま想うこと

実はこの文章、発表してすぐに書き直している。

アップして三時間もしないうちにみゆきがメールしてきて、いま浜で会えないだろうか、という。渡したいものがある、というのだ。

なにか素敵なものでもくれるのかな、などとさもしい期待を抱いてすぐ前の浜に降りて待つと、スーちゃんを連れてやって来たみゆきが、

「この手紙、読んでくれませんか」

と、一枚の紙を手渡す。硬い表情だった。

まさかこんなところでラブレターでもあるまい、と思いながら開いてみると、そこには、つい数時間前にアップしたばかりの私の文章の間違いを指摘する内容が綴られていたのだ。

『ホイリゲを「新しい酒、つまり新酒のこと」とありますが、ホイリゲには「新しい」「新しい年」の意味しかありません。これを、私がいったことになっているのは困ります。ドイツ語の通訳の仕事もしていますので』

そのほかにも、歌われなかった作曲家の名前が書かれていたりもしたという。

大慌てで部屋に戻り、アップ済みの文章を引き戻して訂正した

本当に注意してくれてよかった。恥をかき続けるところだった。

のちにみゆきはいった。

「あのときどうしようかって、本当に悩んだのよ。電話やメールではうまくいえそうもないし、会って話そうにも、叱られたら困るし」

手紙を渡すとき、手が震えそうになっていたという。

知ったかぶりはよくないよ。

フォンデュの夜

みゆきさんが、またしても素敵な企画を立ててくれた。

「エスメラルダ」で、みゆきさんの故郷のひとつでもあるスイスのことを話しているとき、ふと思いついたようにいった。

「今度わたしの家で、フォンデュをしませんか」

断るわけがないではないか。

「喜んで！」

同席していた治美さんも、

「喜んで！」

こうして感動的な「フォンデュの夜」が実現したわけだ。

前回は「ホイリゲな夜」でオーストリアだったが、今回は「フォンデュの夜」でスイス。

ここのところ、私にとって比較的遠かった国が急に近づいてくる。

ヨーロッパには数十回出かけているが、スイス、オーストリアにはあまり縁がなかった。どちらにも二、三回しか行っていないが、それでも、いやそれだからか、忘れられない思い出もある。


四十年近くも前のことだ。

未紗の大学のクラスメートに、ドイツ人男性と結婚してフランクフルトに住んでいる女性がいた。

私たちがドイツの街々を巡る旅の中に会うと、彼女が、

「一緒にスイスに行きませんか」

と誘う。

スイスのシャモニーに別荘を買う予定なので、下見を兼ねて遊びに行こうと思っているというのだ。

友達の夫のメルセデスで国境を越えた。私も運転を代わったが、なかなか快適なドライブだった。

シャモニーのホテルでひと休みした後、街のレストランに出かけた。

そこで初めて食べたのが、フォンデュ。

白ワインで熱して溶かした各種チーズに、サイコロ状にカットしたパンを長いフォークに刺してまぶして食べる。

フォンデュにはこのようなチーズ・フォンデュと、熱したオイルに肉や根菜などを浸して食べるオイル・フォンデュがあると思い込んでいた私は、

「本当のスイスのフォンデュは、チーズです。オイル・フォンデュというのは、外国のひとがもっといろいろなものを食べたくて作ったものです。フォンデュ・ブールギニヨンというので、フランスでしょうね」

店のひとに教えられて、頷くばかり。

そうして初めてのフォンデュを楽しんでいたとき、店にどやどやと団体客が入ってきた。ヨーロッパで団体客というと、ドイツ人か日本人に決まっている。そういわれていた時代だ。

案の定日本人たち。十人ほどいたかな。

彼らは私たちとは離れたテーブルに着いたが、狭い店なので話は筒抜け。どうやらフランス観光のあとスイスに寄り、この後イタリアに向かうようだ。

一行も私たち同様フォンデュを食べる。ずっと前から予約していたらしい。

賑やかにしゃべりながら食事を続けていたが、途中でチーズに浸すパンが不足してきたらしい。

中のひとりが、店のひとに向かって大声で叫んだ。

「スミマセーン。ココ、ノーパン。ノーパンでーす！」

恥ずかしい思いをしたのは、私たちだけだったようだ。

つまらない思い出だな。


その一年余りのち、世田谷に住んでいたが、別に四谷にも部屋を借りていた。

仕事場といってはいたが、実は週に一度ほど、あるひとと時間を過ごすための部屋。

いわゆるメンの割れている女性なので、部屋に入るときも出るときも別々。

その建物の一階にスイス料理のレストランがあった。エレベーターから直接行けるので、そこにだけは幾度か訪れた。

柱の陰のテーブルで、ひっそりと食べたスイス料理は忘れない。フォンデュもありました。


さらに十年ほどのち、思いつきからハワイに家を買った。

ホノルルからいくらか離れた場所のちょっと気取った住宅街、カハラ地区のオープン感覚な平屋。

五十歳になったら、仕事を極端に減らして海外に住もうと、ぼんやり考えていたので、その準備のつもりだった。

私ひとりが、取材でハワイに行ったついでに家を探し、見つけ、契約した。

二か月ほどたって未紗を連れて行った。俺たち、ここに住むんだよ、というわけだったが、そのとき初めて家の周辺を歩いた。

家から数分歩いたところに、なんとスイス料理の店があるではないか。

「ハワイにきて、スイス料理はないでしょう」

といわれて、そのときは入らなかったが、ここに暮らすようになると、幾度かはスイス料理になるだろうな、と思うと少々くすぐったい気分になるのだった。

結局、ハワイは島国なので、ペットの持ち込みが禁止されていることがわかり、その家は一度も住まずに売り払ってしまった。だからスイス・レストランにも行っていない。

あの店、まだあるだろうか。


みゆきさんチの「フォンデュの夜」。

「空腹だけを持ってきて」

ということだったが、そうはいかない。

キルシュというスイスのリキュールを、ネットで探して購入した。

サクランボの香りの香ばしいが強い酒で、フォンデュには欠かせない。ビールなど冷たい飲み物では、胃の中でチーズが固まってしまうので、こうしたリキュールが合うそうだ。

これは、最初のシャモニーのレストランで仕入れた知識。そう「ノーパン」の店です。

それと、いつも葉山近辺を車で動き回っている治美さんに頼んで、いくつかのパン屋でバゲット数本を買ってきてもらった。

「なるべく皮の固いバゲットがいいわ」

というみゆきさんの注文も伝えた。

「フォンデュの夜」のメンバーは、みゆきさんを中心に、私、治美さん。そして岩井菓子さんとご主人。

東京に立派なマンションを持ち、その分野では名の知れたアパレルメーカー「岩井レース」の経営者。週末、一緒か別々に葉山にやってくるふたり。

定期的にパリに通うという優雅なふたりだが「エスメラルダ」の常連でもあり、アランくんという大きなゴールデンを飼っている。

この夜の五人は、こうして幾重にも重なった「お友達」だったのだ。

私は、中でも新参者に近いが、食事前の歓迎ピアノ演奏の挨拶で、

「私の大事なお友達の皆さん」

といってくれたみゆきさんに、まず感謝。

みゆきさんが長い時間をかけて摺り降した大量のチーズは、エメンタール（Ｅｍｍｅｎｔａｌ）、グリュエール（Ｇｒｕｙｅｒ）、ティルスター（Ｔｉｌｓｔｅｒ）の3種。これが正統派だそうで、わざわざ東京まで買いに行ったという。

前菜は生ハムだったが、バラの形にいくつもまとめた赤いハムのあいだに緑鮮やかなコーニッシュ。

「ケイパーではないの？」

私がまた知ったかぶりの、余計なひとことをいうと、

「スイスではコーニッシュです。ケイパーは使いません」

叱られちゃった。


スイスの話、フランスの話、イタリアの話。

「フォンデュの夜」は、和やかに盛り上がり、キルシュがおしゃべりと身体と心を温め、秋の終わりの夜は更けていく。

「スイスではね」

と、みゆきさんがいう。

「フォンデュのチーズの中にパンを落としてしまったひとは、罰として、男性は新しいお酒を一杯買うこと。女性は、隣の男性にキスをすることになっているんですよ」

素晴らしいルールだなぁ。

と思っていたら、みゆきさんが、あっ、とパンを落としてしまったではないか。

隣に座っている男性は？

――いま想うこと

「わざと落としたんじゃないの？」

こんなことをいえるのは、このときからずいぶんのちの、私たちが深い仲になってからだ。

みゆきはいまでもいう。

「偶然落っこちたのよ」

だが、こうもいう。

「隣にはテリーしかいないことはわかってたわね」

もし、男性が落としても同じというルールなら、私はわざと落としただろうか。

気の弱い私には無理だったろうな。

それにこの当時、みゆきとこんな仲になろうとは夢にも思っていなかった。

だから、大昔のいい加減な話を自慢げに書いている。バカじゃないか。

それにしても、みゆきとの初めてのキスは、こうして生まれた。

小さなクリスマス

また犬の散歩の話から始めよう。

いまの私の生活が、毎朝の犬の散歩から始まっているので仕方がない。

散歩に出ようとして、狭い玄関ドアの前でプーリーとドゥージーにハーネスとリードをつけようとしていたとき、ふっと思いついてすぐ隣のシャワーとトイレのドアを開け、バスタオルや洗剤などをしまっている小さなキャビネットも開いた。

そこに、前夜シャワーのあとで重ねたタオルの中から偶然発見した、一枚のバンダナがあった。

白地にグリーンの、ごく一般的な、どこにでも売っているバンダナだが、私自身それをいつ、どこで買ったのか、あるいはもらったのか覚えていない。

もしかしたら十年以上も前にアメリカで購入し、そのまま荷物に紛れ込んでいたものかもしれない。

その珍しくもないバンダナを三角に折って、なにをされるのか不安そうにしているプーリーの太い首に巻き付け外に出た。

いつものように森戸海岸の長い浜を、山口治美さんと二匹の犬と歩く。

そこにはいつものイヌトモのみなさんがいる。

おはようございます。こんにちは。あーら、◯◯ちゃん。

おなじみの挨拶。

そんな中で、ふたりのイヌトモ夫人がプーリーのバンダナを見ていう。

「まぁ、クリスマスね。ぴったり、お似合いよ」

そう。私もうすうす気が付いていたが、バンダナのグリーンとハーネスの赤、それにプーリーの白っぽい身体が不思議にマッチして、見事なクリスマス・コーディネート。

丸々とした体躯が、雪だるま風でもある。

そののちも、行きかう幾人かに、

「クリスマスですね」

「可愛いーっ！」

などといい続けられ、プーリーの奴、すっかりいい気分になったようだ。

その証拠にその日の夕方、二度目の散歩に出ようとすると、私の足もとにそのグリーンのバンダナをみずから咥えて運んできたのだった。

プーリーのバンダナは、次の日もその次の日も続き、たくさんのイヌトモに褒められたり、からかわれたりした。

中には面白がるあまり、プーリーとバンダナをいじりまくり、いろんな形にして遊ぶひともいて、おかしなプーリーが次々に出現した。

これにはプーリーも、さすがに迷惑そうにしていたが、それでも満更でもないらしく、おとなしく写メに撮られていた。

プーリーにとっては、いいクリスマスシーズンになったようだ。


森戸の浜は犬たちにとって散歩天国で、天気のいい、暖かな午後には、端から端まで総勢二十四匹ほどの大小の犬たちが歩き回り、走り回っている。

その飼い主の多くが顔見知りで、ほとんどが治美さん経由の知り合いだが、引っ込み思案の私でも親しく話しをするひともいる。

金井麻衣子さんもそのひとりで、いつも大きなゴールデン・リトリバーのハナちゃんを散歩させている。

うちの二匹の数倍はある大きなハナちゃんだが、

「この子はほんとうに臆病なんですよ。チワワみたいな小さな子に吠えられても、尻尾を巻いて隠れてしまうんです」

という。

その麻衣子さんが数日前にいった。

「今週末にワインの試飲会をしますので、いらっしゃいませんか」

金井麻衣子さんは、葉山に住む若奥さん。

ご主人は勤めに出ているようだが、麻衣子さんは瀟洒な自宅の一部を使って「プール・ブー（Ｐｏｕｒ　Ｖｏｕｓ）」という名でワインのセレクトショップを開いている。

みずから買い付けにいったり、ネットを駆使して調べて仕入れたりし、フランス、イタリア、スペインなどの赤白のワイン、スプマンテ、プロセッコなどを販売する小さな店で、ほとんどすべてのワインをＢＩＯに特化しているのだが、そのおしゃれセンスの評判がよく、葉山に暮らす優雅なひとたちの人気を集めている。

私もそのひとり。優雅なんだよ！

その麻衣子さんに試飲会の誘いを受けて、ふんわりとあたたかな午後、大きめなバッグを肩に「プール・ブー」を訪ねた。

歩いて十分あまりか。いつもなら車で行って、幾本ものワインを積んで帰るのだが、試飲会なのでそうはいかない。

バス通りから少し入った、こぎれいな家々が立ち並ぶ住宅地の中ほどに「プール・ブー」はある。

玄関ドアから入るとすぐにカウンターで、すでに数本のワインとグラスが並べられている。

カウンターの先が金井家のリビングルーム。そこで休んでいたハナちゃんが私を見て元気よく吠えながら走ってきた。走ってきたものの、怖がり屋さんらしく一メートル前で止まってワンワン。

この日のテイスティングは三本らしい。

いずれも赤で。右からフランス、イタリアはトスカーナ、そしてアオスタの産。

少し口に含み、口内で転がして、香りと味わいを感じる。

麻衣子さんの説明と私の感性が一致したり、ちょっと合わなかったりしたが、私はトスカーナとアオスタの二種を選んだ。フランスは、爽やかすぎる。軽すぎる。

トスカーナの「パチーナ（PACINA）」は、ラベルにシエナの地名がある。それなら本来はキャンティに属するワインだろうが、必ず防腐剤を入れなければならないというキャンティの方針に反して、BIOのまま出しているため、キャンティを名乗れないのだという。

それはそれでなんの問題もないのだが、ひと口含んでみて驚いた。

左「パチーナ（PACINA」
右「アオスタ渓谷（VALLEE D' AOSTE）」

はっきりいって、品がない。

優雅、風格、まろやかさ、フルーティなどといった言葉と大きくかけ離れて、野趣溢れるというか、獣臭いというか、ワイルドというか。

カリフォルニア、ナパ・ヴァレー。ボン・ジョビのひとつに「濡れた犬（Wet Dog）」と悪口で呼ばれる赤があったのを思いだした。

「わたしたちからすれば、少々かけ離れたワインでしょうね」

麻衣子さんは、お嫌ならいいんですよ、といった気配でいうが、私の心はこのワインに傾いていた。

「ジビエに合いますね。自宅でジビエが無理なら、スパイスやハーブをたっぷり使った肉料理。下品にモツ料理。豚足なんかにもいいかもしれない。ゴルゴンツォーラの皮の部分と合わせてみたい」

これ、ください。

そしてもう一種。アオスタ州の赤で、その名も「アオスタ渓谷（VALLEE D'AOSTE）」。

これはトスカーナほど衝撃的ではないが、やはりワイルド系。

もしクリスマスに、格好をつけたお嬢さんとでも食事ということになったら、この一杯で衝撃を味合わせてやるのも面白い。もしそういうチャンスがあれば、ですよ。

そのときトスカーナでは、ショックが多すぎるだろうな。

というわけで二種のワインを購入したのだが、帰るときに麻衣子さんがいった。

「みゆきさんも、このトスカーナをとっても気に入ってくださいました」

えーっ！　あの美と気品と芸術のミューズのみゆきさんが？

——いま想うこと

私が「下品なワイン」とか「濡れた犬のような匂い」と書いたことに、金井麻衣子さんは、かなり気にしていたらしく、そののち浜で会ったときにも、

「下品なワイン、いかがでした?」

などといっていたが、私とみゆきが結婚するらしいとの情報を治美さんから仕入れて、あのふたりに合うワインって、といろいろ考えて、素敵な一本を選んでくれた。

下品なワインではなかった。

Ⅳ ふたりの世界

高価なチャールス・ショウ

みゆきさんが帰ってきた。

十日間のアメリカの旅だった。

グリーンカードの更新のためだったが、三年前まで住んでいたカリフォルニアの町で、昔からの友達や音楽仲間に会い、ホームコンサートを開いたり、バーベキューパーティを催したり、美術館を訪ねたり、充実した日々だったことは、送られてくるメールで伝わっていた。

だが、みゆきさんのいない森戸の海はやはりそこはかとなく寂しい。

浜で出会うイヌトモたちも、

「みゆきさんどうしてるかな」

「いつ帰ってくるんでしたっけ」

と何度もいい合っていたものだ。

そのみゆきさんから、

「いまサンフランシスコの空港です。羽田には深夜に着きます」

とのメールが来て、なんとなく自分の長い旅が終わったような気分になったのは、我ながらおかしい。


朝、浜に出ると、数匹の犬たちとその飼い主たちが砂浜に集まっていた。

イヌトモの輪。

その輪の中にひときわ大きな犬と、すらりと背の高い女性の姿が際立っている。

みゆきさんとスーちゃん。

走っていきたいのをこらえて、わざとゆっくり近づく。

たくさんの犬がいて、ドゥージーが怖がって歩こうとしないので、ひょいと抱き上げた。

私たちに気づいたみゆきさんは、

「あらーっ、テリーさん」

大声でいって群れから抜け出し、私をドゥージーごと大きくハグしてくれた。

「お帰り。楽しかったようですね」

「ただいま帰ってきましたよ」

しばらくそうしてから、みゆきさんは手にしていた細長い紙袋を、

「お土産です。中を見てみて」

手渡した。

袋の形からワインの類が入っているのは明らかだったが、そのワインボトルを半分ほど取り出してみて、ワオ！　思わず叫んだ。

チャールス・ショウ（Ｃｈａｒｌｅｓ　Ｓｈａｗ）。

「懐かしいなぁ。わざわざ買ってきてくれたんだ」

みゆきさんはにこにこ笑っている。

改めてお礼をいう。

「こんな高価なものをすみませんね」

みゆきさんも、

「ほんと。大出費でしたよ」

いってから、ふたりは大きく笑い合った。

周囲のひとたちに、その笑いの意味は分からない。不思議そうに見ている。

私とみゆきさんだけの秘密なのだから。

私が未紗とふたりでアメリカに渡ったのは、二十五年前。そうか、もう四半世紀にもなるのか。

みゆきさんが家族とともにアメリカに越したのは、そのさらに十年余りのちのこと。

北と南に遠く離れていたが、同じカリフォルニア。といっても、もちろんお互いにその存在を知る由もなかった。

そのカリフォルニアのいくつもの町に、「トレーダー・ジョーズ（Ｔｒａｄｅｒ　Ｊｏｅｓ）」というスーパーマーケットのチェーンがある。

一風変わったスーパーで、他所にないような品々が揃えられていてファンは多い。

そこで私が見つけたのが、チャールス・ショウというワインだったのだ。

大したワインではないんですよ。

飲んでもさほどおいしいわけではない。

よその家に招かれても、持っていけるほどのものではない。

問題は、その値段。

赤も白も、なんと一本、二ドル五十セント。

私たちの滞在中に幾度か値上げがあったし、いまでは四ドル程度らしいが、それでも驚くべき安さ。

コスト・パフォーマンス以前のプライスだろう。

だから、当時のカリフォルニアの家には、客に出せる高級、中級のワインとは別に、毎日がぶがぶと水のように飲めるチャールス・ショウが必ず置かれていた。

ニューヨークに移っても、隣のニュージャージー州に「トレーダー・ジョーズ」がオープンしたと聞き、二時間車を走らせて定期的に買い求めた。

一度の買い出しで六ケースは買ったから、アメリカの十五年間でどれほどのチャールス・ショウが私の中を通過したかしれない。私の血はチャールス・ショウでできていたのだ。

後年みゆきさんと知り合い、お互いにカリフォルニアに住んでいたことを知ったとき、雑談の中で「トレーダー・ジョーズ」とチャールス・ショウの話をして、ふたり大喜びした。

それを忘れずにわざわざ「トレーダー・ジョーズ」に立ち寄ってくれたのだった。

まったく一本四ドルもする高価なワインをありがとう。


もったいないからすぐには飲まないことにして、ボトルのままキャビネットの上に飾った。


翌日も二月とは思えない、のどかに暖かい日だった。

浜でみゆきさんに会う。

いつもの日常が戻ってきた。

散歩の途中で立ち寄る防波堤のコンクリートに、みゆきさんはスーちゃんを足もとに、私はドゥージーを膝の上に、もうひとりプーリーのリードを握ってペットシッターの治美さん。

三人と三匹は陽だまりの浜でなんということのない時間を送っていた。

みゆきさんのアメリカ話。

私の昔話。

治美さんは、留守中にお泊り、お預かりしていたスーちゃんがいい子だった話。

そんな井戸端会議（イヌバタ会議）にもう二匹が加わった。

天野さんという、東京の歯医者さんに連れられた二匹のチワワ。

昨年から浜で見かけていたチワワで、いつもフリフリの可愛いドレスを着ていたが、あのころは一匹だけだった。いつのまにか倍になっている。

「これがソラで三歳。こっちがウサで六か月。美人姉妹です」

天野さんが親バカぶりを発揮する。

まったくひと怖じしない美人姉妹で、我々の足もとをおそろいのドレス姿でチョロチョロ動き回っている。

あまりにも小さいので、三十倍もあるようなスーちゃんも、十倍ほどのプーリーも、ほかの犬が苦手なドゥージーも、呆れ返ったような感じでただただ見つめている。

そのうちみゆきさんが、お姉ちゃんのソラをひょいと胸の前に抱き上げた。

絵になる姿だった。

「ラファエロの『聖母子像』みたいだね」

われながらうまいことをいう。

私もウサを抱き上げた。
私の膝にはすでにドゥージーがいるので、その上にウサを乗せる形。
軽い！
体重などまるでない羽根のかたまりのように、ウサはドゥージーの背に乗っていた。
ドゥージーは少し固くはなっていたが、怒りもせずにじっとしている。
「テリーさんがほかの犬を抱いたのを、初めて見ました。案外優しいんですね」
治美さんがいう。
案外は余計だろ。

森戸の浜は平和に続いている。
もうすぐ春ですねぇ。

ヘレン・シャルフベックの人生

寒いけれど、まぶしく晴れ上がったある日、ぶらぶら歩いて二十分、海に向かって大きく翼を広げたように建つ葉山近代美術館に行った。

美術館は久しぶりだ。本当に長い間行っていない。

最後に美術館というところに行ったのはいつだったろうか。


二〇一二年の秋のことだった。

ニューヨークに出かけようとして成田に到着したところ、ニューヨークを始めとするアメリカ東海岸が記録的な大嵐。厳戒態勢が敷かれる異常事態で、すべてのアメリカ便が欠航になる騒ぎだった。

成田まで来て引き返すわけにはいかない。

そこで空港ロビーから各所に電話を掛けまくり、パリ行きの便を押さえ、ホテルの予約もして、急遽パリに向かったのだった。

どたばたしたパリ行きだったが、そのパリで行ったのが、最後の美術館だ。

着いた翌日、まだ疲れが残っていたので、ホテルの近くのオランジュエリー美術館。

次の日とその次の日は、ルーブル。

オルセーにも、郊外のマルモッタンにも行った。

ギュスターブ・モロー美術館にも行こうとしたら、その日が休館日だったことも覚えている。

このパリ旅行が、私たちの美術館訪問の最後になるとは、まさか思ってもいなかったのだが、
そんな私が、近代美術館に行ってみようかな、と思ったのはなぜだろうか。

年が変わり、気持ちに少しだけでもゆとりが生まれてきたのだろうか。

近代美術館では、「ヘレン・シャルフベック（Ｈｅｌｅｎｅ　Ｓｃｈｊｅｒｆｂｅｃｋ）展」が催されていた。

ヘレン・シャルフベックは北欧フィンランドの女流画家。

フィンランドでは、国民的画家、といわれているそうだが、世界的にはその知名度は低い。

世界の美術館に比較的多く足を運んでいる私でも、ヘレン・シャルフベックといわれて、どのような絵を描いたひとなのか知らない。

どこかの美術館で観たことがあるかもしれないが、記憶に残っていない。

そのわけは、やがてわかった。

この美術展には、八十四点もの作品が展示されているが、そのすべてがフィンランド国内の美術館に収められているものか、フィンランドのひとの「個人蔵」とされている作品ばかり。

つまり、ヘレン・シャルフベックの作品はフィンランドを出ることがなかった。パリやニューヨークの美術館に貸し出されたことがあったとしても、短期間に「帰国」してしまっていたのだ。

だから、この美術展を通してヘレン・シャルフベックを知ることになったのだが、画家として、そして女性として、なかなか興味深いひとであった。


ヘレン・シャルフベック（一八六二〜一九四六）は首都ヘルシンキで生まれるが、幼少時に事故に遭い、腰、そして脚が不自由になり、生涯杖が手放せない女性になった。

だが、幼いころから絵の才能に恵まれていたようで、それを認めた両親の勧めで、一般の女学校、高校ではなく、アドルフ・フォン・ベッカーという高名な画家が運営する美術学校に学ぶようになる。

才能はたちまち開花し、まだ在学中の十八歳にして作品がフィンランド芸術協会のコレクションに加えられるほどだった。

卒業後、二年間だけパリに遊学したものの、帰国後はほとんど国を出ていない。

フィンランドに住み続け、フィンランドを描き続け、フィンランドで悩み、フィンランドで傷つき、そしてフィンランドの土に戻っていった女性。それがヘレン・シャルフベックなのだ。


作風はゆったりと大きく変わっていった。

初期は、リアリズムの画家として、筆致、構成など申し分ないのだが、これでは西欧の優れた画家たちには太刀打ちできないだろうと思える作品が多い。

うまいけれど面白くない。輝きがない。はっとするものがない。

要するに、田舎臭い。

だが、それでもフィンランドでは立派に通用し、次々に依頼が来るのだが、そのままだったら、今日の彼女はなかったかもしれない。

きっかけは、失恋、であった。

ヘレンは、先輩画家のエイナル・ロイターという男性に出会い、恋し、恋されて、婚約にまで至った。

ロイターはヘレンの伝記まで執筆し、出版した。幸福の絶頂期だったようで、そのころの作品が最も多い。

だが、二年後、ロイターは世間に向けて婚約を発表した。
相手の女性は、ヘレン・シャルフベックではなかった。
なにも知らされずに進められた裏切りだった。

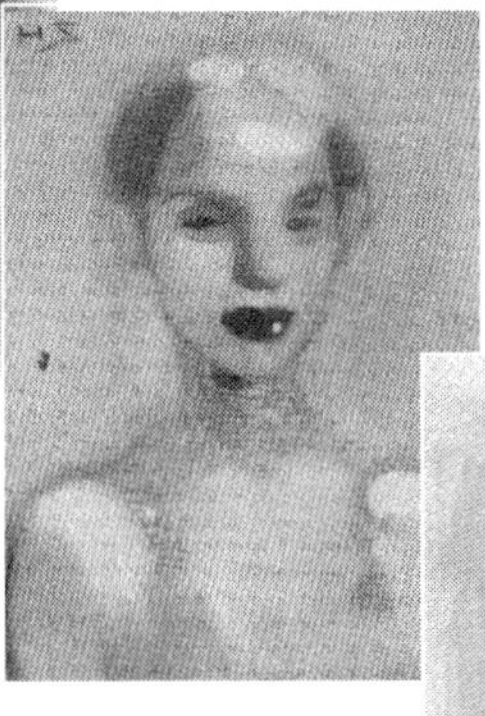

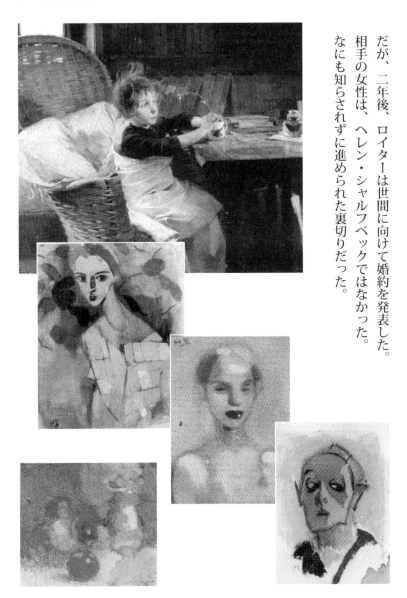

立ち直れずに過ごした数年を経て、ヘレン・シャルフベックは生まれ変わったかのように、次々と作品を発表し始めた。

作風は変わっていった。

一か所に留まることを拒絶するように、作風は幾度も変わっていった。

展覧会場を歩いているだけでも、それは感じ取ることができる。

あるときは光のパッチワーク的でシャガール風に、あるときは暗く重くユトリロ風に。

これはマチスの模写か、と思えるものも、先祖返りしてリアリズムもある。

ヘレンみずから題名に「チマブーエによせて」、「エル・グレコによせて」と付けた作品もあれば、これはどう見てもベラスケスだろうという絵もある。

ヘレン・シャルフベックは、生涯悩み続けた画家であったろう。

国民的画家、といわれながらも現状に満足せず、恥じらいも躊躇いもなく、ものまねといわれようとも新しいものを追い続ける。


一九四六年、ヘレン・シャルフベック逝去。

最後に残されたのは、泡立つような色彩の静物画。りんごの絵であったという。

ヘレン・シャルフベックの人生を見た気持ちで美術館を去り、海に沿って歩きながら思っていた。

人生は、どんな人生でも、素晴らしい。

――いま想うこと

ヘレン・シャルフベックを観てきたというと、みゆきはぷっとふくれた。

「誘ってくれればよかったのに」

だってその日、みゆきさんはピアノのレッスンが詰まっていて大変、といっていたじゃないの。

次の日かそのまた翌日か、「エスメラルダ」のテラス席でコーヒーブレークしていた私の前に、みゆきが現れた。

自転車で。

前に買い物かごがついた、いわゆるママチャリだが、脚の長いみゆきが乗ると素敵な絵になる。前に書いたカシニョールの絵のような。

自転車のかごには丸い筒状の紙が投げ込まれていたが、私のテーブルに着いたみゆきがそれを広げて見せた。

それを観て私は、思わず声をあげた。

「あーっ、シャルフベックだ!」

横を向いた安楽椅子に、黒い衣装のひとりの女性が坐っている。

もう老女といってもいいほどの人物だ。

「この絵、ぼくが一番気に入った絵だ」

みゆきは大きく頷いていった。

「そうでしょう。そうだと思ったから買ってきたのよ」

うれしそうでも得意そうでもあった。

三寒四温

もういささか古い話になってしまっているが、わが町葉山のおバカな町会議員が覚醒剤で逮捕された。

この話を「エスメラルダ」でするると、スーちゃんといたみゆきさんが、

「えーっ！　わたしそのひとに投票したかもしれない」

翌日、みゆきさんが一票を投じたのは別の候補者だったことがわかって、やれやれとなったのだが、

「こんなことで葉山の町が全国的に話題になるなんていやねぇ」

いかにも井戸端会議風な結論に達したものだ。

だが、考えてみると、この事件は連日のワイドショーなどで大きく取り上げられているが、実際に葉

山に住んでいるひとたちがそれに関心を払っているとか、話題にしているということはない。そんなこともあったな。バカな奴はどこにでもいるものだ。と、そんな程度なのだ。

つまり、葉山という町が日本の他の場所のひとから見て、いかに特別なところか、ということ。葉山のひとが感じている以上にその存在を気にしているかなのだろう。

葉山といえば、静かで、おしゃれで、気品があって、豊かで、優雅で。

そう思われているのではないか。

中に住んでいると、決してそうとはいえない部分も多々あるのだが、やはりそうかもしれないないという自負もないではない。

少々鼻持ちならないエリート意識。

それはあながち悪いものではないのではないかな。

そんな葉山の町に、というより、森戸海岸のひとたち。もっといえば犬の散歩などで知り合ったイヌトモたち。さらにいえば「エスメラルダ」などで日々出会っているひとたち。

そんな小さなコミュニティの中に、ちょっとした事件が立て続けに起こった。

私の部屋には、朝九時と午後四時、ペットシッターの治美さんがやってくる。

私と治美さんでプーリーとドゥージーを散歩させるのだが、その日の朝は治美さんだけではなく、娘のリサさんも一緒だった。

去年治美さんが自分のドッグホテルを立ち上げてから、リサさんが一緒に住んで母の仕事をヘルプしているのだが、このようにふたりが連れだってやってきたことはない。

見ると治美さんは、左足首あたりをタオルかなにかで巻き、その上からスーパーマーケットの袋のようなもので大きく包んでいる。

「ゆうべ、足をひねってしまって歩けないんです。だから今回はリサに代わらせてください」

すみません、すみませんといい、痛いはずなのににこにこしているのが、このひとのいいところかおかしなところか。

痛めたのが左足でよかった、とリサさんを送ってきた車でそのまま病院に向かう治美さんを見送って、私たちは浜に出たのだが、リサさんの話によると、昨夜友人と食事に行き、その帰りにパンフレットなどを読んでいて店の階段を踏み外し、足首を「やっちゃった」らしい。

「仕事がうまくいき始めて、緊張感が薄れてきたんじゃないのか」

と大人の意見をいっておいたのだが、夕方再び来たリサさんの、

「二週間の安静と二週間の静養だそうです」

との報告を聞いて、ようやく大ごとになっているのを知ったのだった。

治美さんが抱えている「散歩犬」は私のところだけではもちろんない。毎日ではないにしても全部で十四以上の犬を散歩させている。

そのほかに自分の犬も、ホテルの「お泊り犬」も何匹かいるので、「治美負傷事件」はまさに「不祥事件」なのだ。

ホテルの仕事は、治美さんが足を引きずりながらでもなんとかしているようだが散歩はそうはいかない。

私のところにもほかの家にも、リサさんや臨時の若い女性が向かい、必死に仕事をこなそうとしてくれているのだが、なにぶんにも慣れない仕事で、しかも扱いにくい犬もいるらしく、なかなか大変らしい。

仕事を頼んでいる客たちにとっても、治美さんのありがたさを改めて知ることになったできごとではあったようだ。

ある朝やってきたリサさんが、浜を歩きながらいった。

「このあとは、みゆきさんのところに行くんです」

驚いた。

「みゆきさんって、あのみゆきさん？」

昨日の昼間「エスメラルダ」で会ったばかりなのに。

「はい、スーちゃんのママです」

スーちゃんの散歩係は、常にみゆきさん自身だが。

「みゆきさんが足を悪くして歩けないから来てほしいって」

えーっ！

リサさんがみゆきさんの家をよく知らないというので、散歩のあと私が連れて行くことにした。みゆきさんのようすも知りたい。

だがその朝、みゆきさんは病院に行って不在。私とリサさんがスーちゃんを歩かせることになったのだが、夕方になってから電話で詳しいことを知った。

前夜、食事の片づけをしていて、躓いたかよろけたかして、食卓の太い脚に右足を強くぶつけてしまったらしい。

「その夜は大したことはないと思って寝たんですけど、朝になってみると赤く大きく腫れていて、痛くて、痛くて」

それで治美さんにお願いした、というのだが、みゆきさん、酔っ払っていたんじゃないの。

その翌日から私の時間帯が変わった。

朝は、リサさんかほかの女性と、うちの二匹を連れて浜に出る。

帰って、二匹に餌を与えたり、掃除をしたり、メールチェック。

そのあと歩いてみゆきさんの家に。

スーちゃんの散歩は私の係になったのだ。

伝い歩きしているみゆきさんからスーちゃんを預かって、再び浜に出る。

スーちゃんは、ママが家に残っているので行きたがらない。強い力で引き返そうとする。

それを、おやつをちらつかせながら騙しだまし。

浜に出るころには諦めたのか、私を思い出したのか、そばを歩いてくれるようになる。

浜を端から端までゆっくり歩き、そのあと「エスメラルダ」に立ち寄るのだが、ここでは、スーちゃん、すっかり安心して、私の足もとでお昼寝。

三十分ほど休んで、再び浜を歩き、みゆきさんのもとに帰る。

そして「静養中」のみゆきさんと少しおしゃべりをして家に戻ると、しばらくしてリサさんか誰かが再びやってきて、午後の散歩。

このように、暇なはずの私としてはずいぶん忙しい日々になったのだが、私にとってはひとつの大きな楽しみが加わったことでもあった。
それは、散歩、「エスメラルダ」コーヒーのあと、スーちゃんを返しにいったあと、みゆきさんとのわずかの時間が持てたことだった。
ちょうど雛祭りだったときには、小さなひな人形が飾られていたし、なんとみゆきさんが私のための抹茶をたててくれたときもあった。
大昔の映画の話をしたり、アメリカでの日々の思い出を語り合ったり、静かで穏やかなときの流れであった。

だがある日、そんなときを過ごして帰り、自分の二匹も歩かせ、まだ夕陽が暖かい時間だったので、ベランダに椅子を出してビールでも飲もう、と坐ったそのとき、浜になんとみゆきさんの姿があるではないか。スーちゃんを引いて悠然と歩いている。

みゆきさんは歩きながら、私に向かって手を振り、先の方向を指さしている。

「エスメラルダ」に行きますよ、ということだ。

「テリーさんが帰ったあと、家の中や庭を歩き回ってみて、劇的に回復しているのがわかったの。だから追いかけてきちゃった」

葉山の、森戸の、日常が帰ってきた。

もとの時間割に戻った。

だが、たった数日間だったが、スーちゃんを返した後に過ごした、あの短い時間。よかったな。

あとは治美さんの回復を待つだけ。

私は、いい老後を送っているようだ。

——いま想うこと

みゆきの足の怪我という予想外の出来事が、私たちの心をゆっくりと優しく近づけてくれたようだった。

みゆきもそれを感じていたようで、いまでもいうのだ。

「あのときテリーが、わたしの立てた抹茶をおいしそうに飲んでくれて、うれしかった」

愛、という字が近づいていたのだろうか。

V 花散る下で

春が来たのに

みゆきさんがまたいなくなった。

引っ越したとか、帰ってこない、というのではなく、みゆきさんにとっては大事な仕事のひとつで、二週間余り日本全国を旅して歩くという激務にはいってしまったのだ。

いままさにこのときも、日本のどこかで行われているコンサート。

トヨタ・マスター・プレイヤーズ・ウィーン（TOYOTA MASTER PLAYERS WIEN）

ウィーン・フィルハーモニーを中心とする楽団で通称「トーマス」。

トヨタの招待で来日し、各地で大小のコンサート、演奏会を開催している。

団員のほぼ全員がオーストリア、ドイツなどのヨーロッパ人なので、十数年前からみゆきさんが通訳、アテンダント、世話係、相談役、調整役として多面的な役割を演じ続けている。

まだアメリカに住んでいたときも、わざわざ日本に呼ばれていたのだから、いかに重要視されていたかがわかる。

ドイツ語が話せるだけでなく、音楽に関する造詣も、もちろんプロのピアニストなのだから申し分なく、その上人格的にもすべてのひとに慕われ、頼られているみゆきさんだからいえることなのだ。

そして、なによりも美しく、可愛さもある。

だからこのツアーは、みゆきさんにとってもウィーンフィルにとっても、全国の音楽ファンにとっても、すべていいことなのだが、葉山のひとたち、特に私にとってはかなり寂しい期間ではある。

みゆきさんとは毎日会っていた。

浜で犬を連れて歩いているときすれ違ったり、立ち話をしたり、ときには並んで歩いたりするのはもちろんだが、夕方の散歩のあと「エスメラルダ」で早い夕食をすることも多い。

冬の寒い夕刻、「エスメラルダ」の寒風吹きすさぶテラスで、うちの二匹とみゆきさんのスーちゃんを侍らせて食事をし、ワイン、ビールをする私たちの姿は、近所のひとたちにとってすっかりお馴染みになっているはずだ。

そのみゆきさんが二週間余りもいない。あーあ。

「エスメラルダ」ついでにもうひとつの重大な出来事。

春を迎えて大切なこのときに「エスメラルダ」がなんと数日間の休業にはいってしまったのだ。

店内の改装とかなんとかいっていたが、仕方がないから、いま私は早い夜から自室で二匹を横にひとりビールを飲み続けている。

「エスメラルダ」について、癖だがもう少し話そうか。

いつも私たちがテラスのテーブルにつくと、店のひとはなにも注文を聞かずに料理を運んでくる。

みゆきさんやほかのひとには飲み物を聞きはするが、私には「黙ってビール」。

料理は毎回違っていて、何種類かのメニューが大きな皿に盛られていたり、あるいはいくつかの小皿に分けられていたり。

いわゆるお任せメニューなのだが、矢ケ崎オーナーなり店長の麻美子さんなりのアイディア。その日ある食材をさまざまに工夫し、なにしろ毎日のことなのでダブリ、繰り返しがないように頭を悩ませているようだ。

この料理、

「テリーズ・スペシャル」

というのだそうだ。

「残り物、余りものを組み合わせているんじゃないの」

という私の憎まれ口は、もちろん冗談ですよ。感謝してます。


というわけで、みゆきさんもいない。「エスメラルダ」も閉まっている。

私とうちの犬たち、いま、寂しい。

花散る下で

しずこころなく
　はなのちるらむ

誰もがそんな思いを抱くひとときではなかったか。

店の前の広場に大きく張り出したオープンテラスのテーブルで、ブランチを摂る私たちの上に、広く、いっぱいに咲き誇っている桜並木が、盛大に、そしてせわしなくホワイトピンクの花びらを撒き散らし、撒き続ける。

花びらは風に乗り、風に流され、テラス客の上にも降り注ぐ。

花びらは滑るように落ちて、私たちのテーブルに、そして飲み物、食べ物の上に舞い落ちて、ようやく静かになる。

テーブルの上は、すでにして花びらが、思いがけなく清楚な絵を描き、いま私の前のドイツビールのグラスに滑り落ち、向き合って坐るみゆきさんのミネストローネにもひとひら落ちた。

いまなにかが終わろうとしている。

花吹雪はいずれ終わる。

そのときが、本当の春の終わり。
私たちはなにもいわず、その季節の変わり目を味わっていた。
幸せが、すとんと胸に落ちる。

久しぶりの東京だった。

思えば、四年間来ていない。

いや、こうして静かに景色を眺め風を味わうのは、四年前どころかさらに遠い記憶の中だ。

自分がいかにお上りさんか、思い知らされる。

湘南新宿線で渋谷に降りた。そこから地下鉄に乗り換える。

昔はどこに行くにも通った渋谷。

渋谷は、私の東京生活の要でさえあった。目をつむっても歩けた。

だが、ホームに降り立って、立ちすくんだ。

どこに行けばいいのか。ここがどこなのか、わからない。

わかりにくい案内板、標識をなんとか読み解き、ひとの流れについて歩く。

以前は階段なりエスカレーターですっと行くことのできた地下鉄のホームが、限りなく遠い。

ホームの階段を二度三度上り下りし、そこから長い長いスライドベルト、動く歩道を行き、スクランブル交差点のような屋内広場で迷い、ようやくメトロに続く階段。

やっと改札を抜けて出たところは、予想していた場所から大きく離れている。

半蔵門線、と書いてあったのに。


いったんホテルにチェックインし、少し休んで出直す。

目的地はサントリーホール。

サントリーホールは、赤坂のアークヒルズの中にある。

アークヒルズには、地下鉄銀座線の溜池山王から。

私がアメリカに行く前にも、サントリーホールはあったが、溜池山王の駅はまだなかった。虎ノ門から歩いたはずだ。

この新しい駅のことは調べたのだが、出口をチェックし忘れた。

適当な出口から地上に出たら、写真で見たような光景。

ここでよかった、と安心して歩き始めて、おや、と思う。

広い道の先に、どうやら六本木交差点らしき眺め。

この街も知り尽くしていたところだが、サントリーホールの場所とは違うはずだ。

通行人に尋ねるのも悔しいので、再び地下鉄駅に降りて、壁面の街路図を見る。

アークヒルズは十三番出口か。

この十三番出口がたまらなく遠い。細い通路なのだが、途中にコンビニやゴルフスクールなどがあり、トンネルのように延々と続く。ひと駅分はゆうに歩かされた。

懐かしいサントリーホールであった。

開場を知らせるエントランス上の大きなオルゴールも、その上にずらりと並ぶ赤いバナーの群れも、昔のままだ。

受付に、みゆきさんがチケットを預けておいてくれている。一階の十列目。最高の席だ。

大きなドアを抜けると、赤いシートの列が、斜めに広がっている。

まだ着席の客たちは半分にも満たないが、正面ステージにはすでに椅子が並べられており、ピアノ調整、調律が音もなく行われている。

胸ときめく時間だ。

今夜、この場所で催されるのは、

『トヨタ・マスター・プレイヤーズ，ウィーン』

ウィーンフィルのメンバーを中心に、多くのヨーロッパ、幾人かの日本人演奏家が加わっての、毎年恒例のコンサート。このサントリーホールがおしまいで、ここまでの二週間、日本全国を回ってきている。被災地慰問コンサートの岩手、宮城を皮切りに、札幌、仙台、名古屋、大阪、福岡、そして東京。一日の休みもなく、毎日移動の強行軍。


席についてパンフレットを眺めていると、空いていた隣の席に坐ったのが、このツアーの重要スタッフで、このチケットを取ってくれたひとだ。

いまの私の最も大切な友のひとり、みゆきさん。

このひとに会いたいから、コンサートに来たともいえる。


コンサートは、申し分なかった。

バッハ　ふたつのヴァイオリンのための協奏曲
ドニゼッティ　クラリネット小協奏曲
モーツアルト　ピアノ協奏曲

休憩を挟んで、

ベートーヴェン　交響曲　第六番　田園

胸ふさがるひとときだった。
声にならない。言葉にならない。
こうした世界が、こうした時間が、昔の私の世界だったのだ。
いまは遠いこの空気。この感動。
それがこの夜、鮮やかに、華やかに蘇ってきた。

サントリーホールのコンサートが終え、私とみゆきさんは遅いディナー。
ホールの前のカラヤン広場に面して広がるフレンチ・ブラッセリー「オーバカナル」の奥の席に並んで座り、前菜中心のメニューをいくつか頼み、あとはワインで語り合う。
みゆきさんとは久しぶりに会ったので、話は弾み、ワインは進み。
音楽のこと、美術のこと、映画のこと。
大いに語り、大いに笑い、大いに飲む。
片づけを終えたコンサートの団員たちが次々に現れて、挨拶に寄って来る。
そのひとたちに、称賛と感謝の拍手を静かに送り、また来年と、手を振る。
そうなんだ。
昔、私はこういう世界にいたのだ。
閉店時間は、とっくに過ぎていた。

翌日、私は再びアークヒルズにやってきた。
今度は間違えない。溜池山王駅から、桜坂をゆったり上がり、その先は鼓坂だったろうか、アークヒルズとホテルオークラのあいだの広場に、桜舞うオープンテラスがあった。

しずこころなく
　はなのちるらむ

花びらいっぱいのブランチを終え、私たちはアークヒルズ、カラヤン広場に降りてみた。

ちょうどフラワーマーケットが開かれており、たくさんのひとがゆったりと歩いている。

そして、私たちが降りてきた石段の踊り場で、いま小さなコンサートが行われようとしている。

『FUTURES　CONCERT』

と銘打ったそれは、ヴァイオリンとピアノ、若いふたりの女性が、

愛の挨拶
チャルダッシュ
ムーンリバー
星に願いを
タイスの瞑想曲
といった爽やかなイージーリスニングを奏でる。
調べは、桜の風に、可憐に流れていく。

――いま想うこと

トーマスの最終コンサートに、みゆきに会いに上京したこの二日間が、私とみゆきの心を大きく近づけたようだ。

レストランでワインとおしゃべりを楽しんでいる私たちのもとに、つい先ほどまで私たちの心を大きな感動に導いてくれた演奏者、音楽家たちが挨拶に寄ってくれた。

ほとんどが、やぁ、と手を挙げて通る程度だが、中に、

「わたしの一番仲良し」

とみゆきがささやいた、長身の音楽家、多分打楽器奏者だったが、私たちの前に立ち止まり、ドイツ語でみゆきに話しかけてきた。

みゆきもドイツ語で答える。

どうやら私を紹介しているらしいので、中腰になって握手。

音楽家が去り、

「なんといったの？」

尋ねると、みゆきは、

「わたしのいちばん大切なひと」

笑わずに答えた。

「彼は？」

「お似合いのふたりだねって。彼にはテリーのこと前から話してたの」

ふたつの心が、近づいた。

忙しくも季節は流れ

静かにのんびりと、テレビ言葉でいえば、まったりと日を送っている私だが、周辺では季節が急速に進んでいるようだ。

温かくなったと思えば、思いがけない寒さがぶり返してきていたしばらく前に比べ、三寒四温どころではなく、一寒四温か五温ほどだろうか。もうすっかり春。ときには初夏の気配さえ感じさせる。だが、クリーニングから帰ってきたばかりのコートを再び着る羽目になる日もあるから油断がならない。

それでも、やはり季節は確実に進んでいる。

つい先日、葉山の町役場に出かけたときのこと。そう、葉山は「誇り高い」三浦郡葉山町、なのです。

町役場の駐車場の入り口が、なぜか「出口専用」になっており、ずっと遠くに迂回させられた。まったく、もう、と口をとがらせ、大回りして駐車場に入って驚いた。

駐車場のうしろに続く広い法面全体が鮮やか、豪華な色彩の群れに覆われているではないか。そして傾斜地に続く小さな公園一面も、ゴージャスなパッチワークのように別世界を描き出している。

満開のつつじが空気を染めていた。

そんな花園を数多くのひとたちが、駐車中の車の列が画面に入らないようにレンズを上に向けて写真に撮っている。

駐車場を迂回させられたわけがわかった。

みんな、こうした季節情報に敏感になっているんだな。


次の日だったかな。

いつものように、プーリーとドゥージーの散歩。

森戸海岸の北の端まで歩き、コンクリートの堤防に坐り、水を飲ませ、背中を揉みもみし、爽やかな潮の香りを吸い込んで、少し休憩。

来たコースを逆行し、ほかの散歩犬や、そぞろ歩きのひとたち、海に出入りするサーファーたちの中をかいくぐり、海岸の反対側の、今度は石の堤防に達する。

いつもはここでもうひと休みして散歩は終わるのだが、そのときは思いがけない眺めが目に飛び込んできた。

細い川を挟んで森戸神社の森と社殿が広がるのだが、その川の上にいくつもの鯉のぼり。川を挟んでロープで渡されており、海からの風にゆったりと、まさに泳いでいる。

ちょうど干潮どきで、川の底は砂浜のように開けている。

いつもは半分以上水をかぶる石段下まで届いているので、降りてみた。この年になってくると、手すりのない階段は少々怖い。

しかし、二匹は大喜びだった。

頭上の大きな鯉がふわーっと流れるたびに、追いかけて走る。

鯉の尻尾が地をかすめるように降りてくると、驚いて逃げる。

もう鯉のぼりか。

この二匹も男の子。端午の節句か。

さらに次の日、バスと電車を乗り継いで本郷台というところに行った。

逗子から大船に出て、そこから根岸線でひと駅。普段なら何の用事もないところだ。

駅を出たロータリーは広い。

いや、広く見えたのはロータリーを囲む建物がいずれも低いためだった。

ビルではなくほとんどが二階建て。あたかも開拓地の街並みのように連なっている。通行人の姿も駅前と思えないほど少ない。

だが視線を振ってみて、それが駅前の姿だけなのを知る。

低い商店の列の向こう、はるか高みには十階建てかそれ以上と思える集合住宅。団地というかコンドミニアム、アパートメント、マンション。そんな建物が駅を遠巻きにしてずらりと建ち並んでいる。

新しくできた典型的なベッドタウン。ここから何千人というひとが、東京へ、横浜へと通っているのだろう。私など二度と来ることのない街だ。

今日行く「リリスホール」がなければ。


「リリスホール」は、横浜市栄区の区民文化センターにある。

いわゆるハコモノ行政の一環だが、その立派さはなかなかのものだった。いくつかのホール、会場、公共施設に別れている中のひとつ。

そこで開催されているのが、今宵は、

〝Jazz Night〟
Joonas Haavisto Trio

なるトリオは、なんとフィンランドのジャズメンたち。

日本で、ヨーロッパで、そして本場ニューヨークで、多くのジャズを聴いてきた私だが、フィンランドのジャズは初めてだ。

どのようなサウンド、アンサンブル、ジャムセッションを聴かせてくれるのか、楽しみであり、不安でもあった。

しばらく前に、葉山の近代美術館で、ヘレン・シャルフベック、というフィンランドの女流画家の美術展を見て、その重い、暗い、ときには生真面目すぎる画風に感銘を受けるのと同時に、少し気持ちを斜めにしてよける思いもあったので、このジャズはどうなんだろうか、との身構えもあったのだ。

ニューヨークのジャズクラブのように、ビールやバーボンを傾けながら聴くのかなとも想像していたのだが、会場はまるでクラシック、弦楽四重奏あたりが似合いそうな静かで、気品もあるホール。

写真撮影禁止。携帯電話は電源を切る、など注意事項も多い。

期待は少しずつ冷めていく。

だが、ジャズ演奏が始まって私の不安は解消した。

ヨーナス・ハーベスト　ピアノ
アンティ・ルジョネン　ベース
ヨーナス・リーバ　ドラム

曲はすべてオリジナル。主にヨーナス・ハーベストの作品だが、聞きやすい英語での本人の曲紹介、解説によると、さまざまなとき、さまざまなところで彼が感じたことを曲にしたという。どうしてそうなるのかは、ものごとの感じ方はひとそれぞれだ、ということだろう。そこを深く追求しなければ、ジャズとして楽しかったし、引き込まれるものもあった。

全体にフィンランドらしい生真面目さ、田舎っぽさ、そして思いがけないスウィング。

中に、「新宿で感じたこと」なる一曲があって、

——どこが新宿やねん。

私とみゆきさんは顔を見合わせたものだった。

帰り、逗子のワインバーで、この夜のジャズについて、みゆきさんと大いに語り合えたのだから、有意義なひと夜であったことは間違いないだろう。

週末、葉山の一色、そう、未紗が施設に入る三年余り前まで住んでいた家の近くでの、

〝Nowhere CINEMA〟

という催し物に行ってきた。

あのころ毎日のように前を通っていた、浜に近い古民家を開放して、映画鑑賞とバーベキュー。よくわからないが、なにか面白そうなので。

和室ふた間に四十人ばかりを詰め込んでの映画は、

〝STEAK　REVOLUTION〟

遅れて行ったため室内に入ることができず、締め切った雨戸の隙間からしか見ることはできなかったが、世界各地の牛肉の歴史、飼育法から料理法などを紹介、解説する、いわゆる啓蒙映画なのだろうか。イギリス、フランス、スペイン、イタリア、そしてアメリカはニューヨーク。最後に日本のいわば銘柄牛、いま話題になっているらしい尾崎牛などが次々に語られていた。

映画が終わり、みんなぞろぞろと庭に出て、ビールを二本ずつ、サラダにパエリヤ。東京の「芝浦」という焼き肉店から来たというシェフによるバーベキュー。

三種の肉を味わって較べて下さいというのだが、薄闇の中、しかも小さな肉片では難しい。しかし、乳牛であるはずのホルスタインが案外やわらく、癖のないのは、日本人には受けるのではないか。

私には、オーストラリアのアンガス肉が適度な硬さ、歯ごたえがあってよかった。

「肉映画」といわれれば、不思議な連想もしそうだが、面白い企画ではありました。

この企画、実は「葉山芸術祭・二〇一六」のひとつ。

「葉山芸術祭」とは、葉山のあるいくつもの企画展、商店、ワークショップなどが、それぞれ「なにか」を見せる、聞かせる、感じさせるという、実にゆるいイベントで、中にはピッツァの焼き方教室や、個人が趣味で撮った写真展、手作りアクセサリーの店などがある。

Ⅵ 音楽に乾杯

感謝のとき

「エスメラルダ」のテラス席。

その天井の一角にツバメが巣を作りそうだ。

このところ、季節の移り変わりを知らせるように数羽のツバメが、浜近くの家々の軒並み低く泳ぐように舞っていたが、新しく巣作りの場所を探していることは、すぐに見てとれた。

「エスメラルダ」や隣のサンドイッチ店のテラス席の奥深くまで入ってきて、壁飾りやボールトに止まってはすぐに離れたり、そこいらをつついてみたり、忙しく新居作りにトライしていた。

そしてこの夜、天井近くに取り付けた小さな棚に、一羽のツバメがとまっていたのだ。

巣を作り始めたのでなく、置物のように小さな身体をさらに小さくして、じっと身をすくませている。

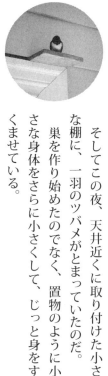

どうやら、巣作りの場所を探して飛び回っているうちに夜を迎えてしまい、帰るに帰れず、留まっているようだ。

朝、連れツバメもやってきて、そこに新しく巣を作ってくれればいいのにな。

「エスメラルダ」としては迷惑なことかもしれないが、やがてその巣に数羽ものヒナツバメが溢れかえり、ピーピー鳴き騒ぐ光景を待っていたいと思った。

そのツバメたちのために、巣の下の席ひとつくらい犠牲にしてくれる矢ケ崎オーナーであってほしい。

葉山に越してきて二年目の五月、我が家の玄関の軒下にツバメが巣を作った

そのうち卵を産み、温め、ヒナたちが生まれた。五羽のヒナたちの成長を見守っていた。

あるときは、小さな、まだ羽根も生えていない、虫けらのようなヒナが玄関マットの上に落ちていたのを、そっと拾い上げ、脚立を使って巣に戻したことがあった。

そのヒナは当然駄目だろうなと思っていたが、巣の中のヒナ五羽全員無事に大きく育ってくれた。

親ツバメより大きな顔になったヒナたちは、まるで歌舞伎役者の隈取のようなその顔をそろえて、餌をもらおうと元気いっぱいに騒ぎ立てる。

「エスメラルダ」の天井に、あの姿が再び現れるだろうか。

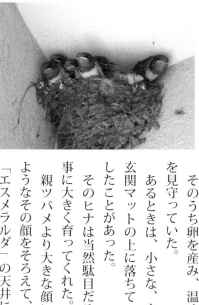

イタリアにウンベルト・サバという詩人がいた。
イタリアといってもヴェネツィアよりももっと北、アドリア海の奥に面した小さな町、トリエステのひとだが、そのサバの詩に次の一節がある。

きみは似ている、春に
帰ってくるツバメに。
でも、秋には行ってしまう。
ただ、きみに、あの芸はない。
きみが、ツバメとおなじなのは、
かろやかな、身のこなし。
それは、老いを感じてもう長い
このぼくに告げてくれる、ふたたびの春。
（訳・須賀敦子）

長い詩の一部だが、この詩は私の心を表しているようだ。
朝起きると、ひとり寝のベッドにプーリーとドゥージーが乗っている。

私を中にして「川の字」といいたいが、サイズのバランスが悪く、とても「川」とはいえない。

左右に二匹がいる図を上から見ると「リッシンベン」かな。

ときには、なんというのか。「状態」の「状」の字の左の偏。

二匹はだいたい爆睡中。気持ちよさそうにいびきをかいている。

私の好きな時間帯。

身動きも取れないが、二匹の重みを、ぬくもりを感じ、心の中で呼びかける。

ありがとう。

そう。感謝の思いだ。

愛させてくれてありがとう。

愛とは、感謝の心。

愛させてくれてありがとう。

一緒にいてくれてありがとう。


まだまだ明るい夕刻、プーリーとドゥージーを連れて浜に出る。

浜を歩いていると、一匹の子犬に出会った。

プーリーと同じフレンチブルドッグだが、四分の一ほどの大きさ。まだ生後四か月だそうだ。

このフレンチ赤ちゃん、たまらなく可愛い。

前に会ったのは一か月前だったが、もっともっと小さかった。これでも見違えるほど大きくなっている。

名前はなぜか「サルちゃん」。

わけは聞いたはずだが、忘れた。

ともかく可愛い。

自分よりはるかに巨大なプーリーにもまるで物怖じせず、追いかけて匂いをかぎ、タッチを繰り返し、ときには小さな声で、ワン、と吠える。

プーリーは、どうしていいかわからず、困り果てている様子だ。

ドゥージーをサルちゃんの前に降ろしてみた。

ドゥージーは、こんな小さな相手にも怖がって、固まってしまう。

サルちゃんはそれにも構わず、ドゥージーにも次々に「遊ぼうよ」攻撃をかけてくる。

このサルちゃんもまた、「愛されるために」生まれてきたに違いない。

連休に入って間もなく、あるイベントに出かけた。

前項でも紹介した「葉山芸術祭」のひとつで、

『葉山ＤＡＹ』は、葉山町の「福祉文化会館」を借りて行われる催し物で、午前の部は地元選出の政治家、評論家による時局講演会。

そして午後は、「葉山における芸術資源」と名付けて音楽、文学、美術、建築の、それぞれ演奏、朗読、講演。

私が出かけて行ったのは、その中の音楽の部。

琴とヴァイオリンによる、宮城道雄作曲「春の海」。

ピアノで、ショパン「ノクターン」。

やはりピアノで。ドビッシー「水の反映」。

この難曲「水の反映」を弾くのが、わがみゆきさん。

開演前の練習から見守っていたが、ステージでピアノに向かうみゆきさんを、わがことのように誇らしく感じる私だった。

騒がしい連休中の葉山にあって、静かな、そして愛に満ちたひとときではあった。

誰かを、愛していたい。

いや。いま私は愛の中にいる。

――いま想うこと

このころ私は満たされていたようだ。

心の中に、愛があふれていた。

自分がいつになく優しくなっている。いいひとになっている。

それを感じていた。

みゆきが、このころには私の胸に深く入り込んでくれていた。

そのみゆきに、私は感謝していた。


浜で出会う「サルちゃん」の本名は「サルトル」だそうだ。

この飼い主の女性はもう一匹猫を飼っており、その猫の名前は「コクトー」。

「ニャン・コクトー」。

巡る季節の中で

黄昏のしおさい公園に行ってきた。

しおさい公園は、御用邸のすぐ近くにあり、もともとは御用邸の庭園であったところだが、そこで「竹灯り」が行われていたのだ。

「竹灯り」の説明もしなければならないかな。

太く、長い竹筒を模したオブジェの中にいくつものろうそくの灯りを入れ、それを幾本も並べて夜の公園を灯す。

十年ほど前に九州のどこかで始まったものらしいが、よさこい祭りが全国に広がっていったようにゆっくりと伝播し、湘南にまで及んできたという。

さほど広くない公園の、池を巡る径に沿って幾本もの竹灯りが、暮れなずむ気配の中、暖かな光をぼうと浮かび上がらせ、池の水面に柔らかく漂う。

多くのひとが訪れているはずだが、薄闇に紛れて喧騒は感じられない。

「季節が移ってるね」

「ゆっくりだけど」

「確実にね」

「そうね。止まっていないわね」

淡い光の群れを眺め、私たちはしばらくのときを過ごしていた。

葉山芸術祭はまもなく幕を閉じる。
そのおしまい近くのメインイベントは、爽やかな五月晴れのもと行われた、

旧東伏見宮別邸サロンコンサート
〝CLASSICAL and JAZZY〟

と銘打たれたこのコンサートは、その名の通り、クラシックピアノの演奏とジャズサックスとピアノの協奏の二部構成で、ピアノは当然わがみゆきさん。

最初はみゆきさんのピアノ演奏だけで催す予定だったが、みゆきさんのアイディアで友人のサックス奏者、山口三平さんにも加わってもらってのユニークな形になっている。

私はこのイベントをかなり早い段階から見学しているが、こうした催しものには初めてのことが多い。まずは会場に常設されているピアノの調子、性格を知るために行った練習。

みゆきさんがピアノに向かい、私が離れた椅子で聴く。

結果はひどいものだった。

ピアノがあまりにも壁に寄せられていたためと、広いサロンにはなにもなくがらんとしていたために、まるで銭湯でピアノを弾いているようで、音響効果などというものではない。

それに、

「あのおかしなカーテンは外そう」

「あの絵もいらないわね」

「ピアノを壁から離そうか」

そしてなによりも、

「ピアノの調律！」

することが多く、かえって気分は高まる。

数日後、サックスの山口さんも駆け付けてきて、ピアノの調律が行われた。

みゆきさんがいつも頼んでいる調律師は、二時間近くもかけて丁寧に、熱心に仕事をこなしていく。

調律をそばで見るのは初めての私にも、大いに勉強になり、参考にもなった時間だった。

その結果は歴然たるもので、調律後のみゆきさん、山口さんの協奏実験では、三人とも、えーっ、と声を上げるほど、ピアノは完全に生まれ代わっていた。

「楽しみだね」

「うまくいくわね」

頷き合ったものだった。

五月晴れの当日、予想を超えるひとたちがやってきた。

広いといってもお屋敷内のサロンなので、定員はせいぜい七十人。いっぱいに詰め込んでも八十人、という場所になんと百人を超える客が、まさに押し寄せたのだ。

明らかにプロモーション・ミスだが、それでも客たちはさほど不満を漏らさず、入りきれないひとたちは、音だけはよく聞こえる隣のパーティルームの椅子で聴いてくれることになった。

大きくあけ放った窓からは、心地よい風が流れ入って、マリア像に飾られた大きな花むれの甘い香りがサロンに広がり、コンサートは始まった。

華やかな美貌を瀟洒な黒いドレスに包んで、みゆきさんのピアノが始まる。

ドビュッシー　「子供の領分」より
　　　　　　　「映像」より
シューベルト　ヘラー　「鱒」
シンディング　「春のささやき」
ゴドフスキー　「古きウィーン」

みゆきさんみずからの曲紹介、解説で進行する。
満員の客たちに、新鮮で、そして満ち足りた笑顔が広がっていく。
よかった。
客席のうしろで、私も大きく手を叩いていた。

第二部は、今度は軽やかに、花のようなドレスに着替えたみゆきさんと、アメリカ西海岸風なシャツ姿の山口さんが並んで立ち、ジャズというより、誰もが知っているライトでポピュラーな音楽の数々。

始まる直前に、みゆきさんが突然背後のドアから消えたが、すぐに戻ってきて、

「眼鏡を忘れてきちゃいました」

しっかり笑いを取る。

やるね、みゆきさん。

A列車で行こう

ワッツ・ニュー
いつか王子様が
優雅な幽霊のラグ
アメイジング・グレイス

この「アメイジング・グレイス」で、私は思わず涙ぐんでしまった。誰も見ていなかったろうな。
そして、昔、私も自分のラジオ番組で何度も使ったディズニー映画『ピノキオ』から、

「星に願いを」

アンコールに「アメイジング・グレイス」を繰り返し、コンサートは終わった。
誰もが笑顔だった。
拍手はいつまでも。
みゆきさんに花束を渡す列は、サロンのうしろ端まで続き。
みゆきさんと並んで写真を撮るのも順番待ち。

別邸サロンに静けさが戻ってきたのは、一時間あまりのちのことだった。

身の回りの片づけ。みゆきさんが自宅から運んできた小物の回収。

たくさんの花束の香りは、控室に溢れかえる。

その花束を車に運び込むために、幾度も駐車場との径を往復する私を見て、サロンのスタッフの女性が尋ねた。

「ご主人ですか?」

いや、いや、いや。私がいい返そうとすると、近くにいたみゆきさんが代わって答えた。

「恋人です」

翌日の夜、私たちはあるイタリアン・レストランにいた。

BREZZA di MARE
（ブレッツァ・ディ・マーレ　海のそよ風）

葉山の住宅街に新しく開かれたおしゃれな店。

イタリアンのヌーベル・キュジーヌ（イタリア語なら、クッチーナ・ノベッラ）。

お洒落で美しい皿が続く。

ワインリストも、目を見張るものがある。

昨日と打って変わった肌寒さ。しかも月曜の夜。

ディナーのあいだ中、店は私たちふたりだけのものだった。

スプマンテのグラスを合わせ、

「よかったね。おめでとう」

「ありがとう」

季節がまたひとつ、移った。

――いま想うこと

「恋人です」

といわれたことが、私にはたまらなくうれしく、それからしばらくの間、思い出してはひとりにこにこしていた。

私は、というより、もう私たちは、といってもいいだろう。

あのころの私たちは、「いいトシ」をして、まるで中学生のような恋をしていたのかもしれない。

素敵な音楽家たち

境内の丈高い樹々の上空が、夕空から夜空へと変わりつつある。

逗子駅近くの亀岡八幡宮は、鎌倉の鶴岡八幡宮と対で作られた由緒ある神社だが、いまそこでひとつの催し物が行われている。

催し物というより、これはもうお祭りといったほうがいい。

境内にはいくつもの屋台が軒を並べ、すでに夏の装いの多くのひとたちが買ってきた焼きそばなり、フライドポテトなり、ビールなり、ウーロン茶をテーブルに並べ、黄昏の気配を味わっている。

ひとびとの頭上に赤い提灯がぶら下がり、わずかな風に揺れる。

どう見ても祭り。それもお盆のころの夏祭り。

だが、いまここではひとつの催し物、

逗子コミュニティパーク　〝大人の休日〟

が行われている。

プログラムは朝から始まっていて、女性ボーカルのボサノバユニットであったり、ポリネシアの打楽器スチールパンの演奏だったり、昭和歌謡の歌声。そうした緩いステージが続いている。

そして私たちが目的としたのは、

〝野外オペラ〟


そのために開始時刻の六時にわずかに早くやってきた。

以前、やはり逗子の文化プラザで行われた「ホイリゲ・パーティ」を覚えているだろうか。オーストリアの新酒を楽しみながら、オペラの歌声も一緒に味わうという贅沢なパーティだったのだが、そのときステージで豊かなバリトンを聴かせてくれたのが、川上敦さん。

本業は経済学者、金融の専門家なのだが、大のオペラファンというよりオペラ歌手。もちろんアマチュアで、ここ湘南にあっていくつものコンサートを、ひとりで、あるいは仲間たちと開いている。いわゆる湘南のアマチュア音楽界のリーダー的なひとで、この逗子コミュニティパークでも歌ってくれる。

ステージが始まる前に、私が飲み物、食べ物を買いに行き、みゆきさんがテーブルを探す。

知り合いのワインショップ、「ホイリゲ・パーティー」でもワインを提供していた「a　day」が屋台を出していたので、そこでワインふたつ、紙皿のパスタをひとつ、手にして境内を見回す。

混んでいるので、ステージから遠い、ものかげの席しかないだろうと思っていると、

「テリー、ここよ」

なんとステージのすぐ前、砂かぶり、リングサイドのようなテーブルでみゆきさんが呼んでいる。ちょうどひと組の家族が席を立ったところだったようだ。

オペラは、「夫婦喧嘩」をテーマに、いくつかのオペラのシーンを取り上げて再現する。川上さんのバリトンが夫で、藤原歌劇団から参加のソプラノが夫人。歌の夫婦喧嘩が続くのだが、祭り見物のような気分で来ているひとたちに、どこまでわかって貰えただろうか。

私でさえ、こんなシーンがあるかな、と思ったところもあったのだから。

だが、それでも川上さんと女性歌手は、いかにも楽しげに歌っている。観ている、聴く私たちが、思わず笑顔になるようなときの流れだった。

神社の境内なので、音響効果などまるでない。

子供が走り回ったり、外を走る車のホーンが響いて来たり、さまざまな食べ物の匂いが流れてきたり。だがそれでも、音楽っていいな。音楽を好きなひとっていいな。

幸せになれたひとときであった。

歌い終えた川上さんや、女性歌手、伴奏の女性が、私たちのテーブルに来てくれて、ワインを片手におしゃべりしていると、目の前で次のステージが始まった。

若い女性歌手とエレキギターのデュオ。

ジャズではあるが、どこか南米的。そうかと思えばオリエンタルな空気感も味わえる歌とギター。

〝ミセス・ガラナ〟

という名のデュオで、若く見えるがもう十年近くもプロとして活躍しているそうだ。最初は横須賀を中心に歌っていたというので、私たちには馴染みがなかったのかもしれない。

ところが、このあと立ち寄ったワインバーのテーブル席に、この「ミセス・ガラナ」のふたりが偶然やってきたのだ。

彼らの友達らしいふたりも加わり、同じ部屋で、思いがけない楽しい時間を持った私たち。

帰り道、

「音楽っていいね」

「音楽が好きなひとって、いいね」

話し合っていた。

炎天下ではあったが、流れ過ぎていく風は思いがけなく快い。

昼下がり、私は逗子駅から住宅街に続く道を歩いていた。

湘南のこうした住宅地は細い道が入り乱れ、目印になる建物もなく、初めてのひとには難しい。

だが、丁寧に教えてもらっていた私は、難なくたどり着くことができた。

小さな家が建ち並ぶ中にあって、ひときわ大きなその家が川上邸。

そう。逗子コミュニティパークでオペラを聴かせてくれた、あの川上敦さんの自宅。

今日はこのお宅で、

〝湘南のエスプリ〟

と名付けられたホームサロン・コンサートが行われるのだ。
この催しは、川上さんがもう十年も前に始めたものだが、父上の逝去、夫人の病気などで数年の空白を持ち、今年久しぶりに再開されたという。
川上さんの音楽仲間のアマチュアが集まり、それぞれの歌声、演奏を、あるいは揃っての競演で、午後の二時間ほどを過ごそうという優雅な集まり。
今回は管楽器がメインになっていて、
Ｅｎｓｅｍｂｌｅ　Ｃｉｎｑ　Ｃｏｕｌｅｕｒ（アンサンブル・サンク・クルール）
と、

Ｏｔｔｏ　Ｗｉｎｄ　Ｅｎｓｅｎｂｌｅ（オットー・ウインド・アンサンブル）
のふたつのグループが参加している。
それに加えて、もちろん川上敦さんのバリトン。
みゆきイザベルさんのピアノ演奏と伴奏。
充実した二時間になりそうだ。

個人宅としては驚きの、四十畳はありそうなサロンいっぱいに椅子が並べられており、私が入ってしばらくするとほぼ満席になった。私が逗子駅から歩いてくるときに、追い抜いてきたひとたちも何人かもいた。年配女性が多い。

そういう緩い団欒的な集まりなのかな、と思っていると、やがて始まったコンサートは、想像を見事に覆すものだった。

始まりは、

Ｅｎｓｅｍｂｌｅ　Ｃｉｎｑ　Ｃｏｕｌｅｕｒ

五人の管楽器プレーヤーが、客席の前に並ぶ。

フルート、オーボエ、クラリネット、ホルン、ファゴット。

プーランク　　二本のクラリネットのためのソナタ

ラヴェル　　マ・メール・ロア

ラヴェル　　亡き女王のためのパヴァーヌ

サロンは音で溢れかえり、若く勢いのある調べとハーモニーで満ちた。

この作曲家たちの名前を知り、川上さんが、

「フランスの雰囲気を伝えられたらいいと思っています」

といっていたことに頷かされた。

休憩を挟んでの第二部は、

Otto　Wind　Ensenble

が横一列にずらりと並び、その迫力は大きな演奏会場にも引けを取らない。

グノー　　九つの管楽器のための小交響曲

決して長い曲ではないが、四楽章それぞれに明らかな創意が施されていて、名前だけは知っていても

初めて聴く私には、改めて驚愕の交響曲だった。

のちのシンフォニエッタや室内交響曲の先駆者的な作品、といわれているわけも分かった気がする。

次はみゆきイザベルさんのピアノで、

ドビュッシー　水の反映

旧東伏見宮別邸でのコンサートでも披露された曲で、みゆきさんがそのテクニックの丈を見せつけた難曲。「ミユキハウス」で幾度も聴かせてもらったものだ。

みゆきさんの手、指から、せせらぎから水しぶき、濁流から滔々たる流れまでが、部屋いっぱいに広がっていく。

私は、ピアニストの美しい横顔を見つめ続けていた。

おしまいは、川上敦さんのバリトン、みゆきさんの伴奏で、

プーランク　動物詩集

黒人狂想曲より三曲

ラクダ、ヤギ、イナゴ、イルカ、ザリガニ、コイを皮肉たっぷりに描いたアポリネールの詩をインス

パイヤした小曲集と、これも当時のフランスにとっては異国情緒あふれる外国、アフリカであったりオリエント的であったりという、やはり少々おふざけな歌。

歌詞にはなんの意味もなく、昔の「タモリ語」のような数曲だ。

聴いていてもわかる言葉はひとつもなかった。

「湘南のエスプリ」の打ち上げが逗子の居酒屋で行われ、参加しませんかといわれて喜んで加わった。

居酒屋の二階の宴会室のような部屋には、すでに二十人ほどが私たちを待っていてくれた。

先程まで川上邸で、豪勢な音を鳴り響かせてくれていた音楽家たちが、いまはすっかり庶民の顔になり、くつろいでいる。

全員が知り合いというわけではないので、ひとりひとり立ち上がって自己紹介。

全員がアマチュアで、公務員や会社勤め、自営業。東京、埼玉、茨城などに暮らし、いくつかの演奏グループに属していることがわかった。

「日曜音楽家です」

といっていた。

ただひとり音楽家でない私は、

「通りがかりのものです」

とふざけた自己紹介をしたが、川上さんが、

「ものを書く方です。文化人です」

と、訂正してくれた。

文化人、ねぇ。


若い音楽家たちのノリは面白く、楽しく、素晴らしい。

私でさえ、昔からの仲間といるような気分になり、二時間余りがたちまち過ぎていった。

すっかり酔った帰り道、

「音楽っていいね」

「音楽が好きなひとっていいね」

私たちはいい合った。

しばらく前にも同じことをいったはずだ。

おしゃべりな鳥たち

浜は暮れつつあった。

熱暑の昼間の喧騒もすでに薄れ、海から流れ来る風は生ぬるさを残しながらも火照った肌に爽やかさをもたらす。

黄昏の浜には多くのひとがいるはずなのだが、そのさんざめきは不思議に感じられず、浜に流れているのは聴き覚えのある民謡の調べ、歌声。

炭坑節や東京音頭に加えて、この歌は「葉山音頭」ではなかったか。

去年も同じとき、この森戸海岸で、この葉山音頭を聴いていた。ひとりで。

あの頃、私はひとりだった。

いま、私はひとりではない。

同じ黄昏ゆく浜の、同じ盆踊りを、同じ「ノア・ノア」でビールを飲みながら眺めてはいても、いま私のそばには四人の女性がいる。

それぞれが生ビールのグラスを手に、にぎやかに、楽しげなおしゃべりが続き、やむことがない。

私たちのテーブルには、普段はメニューにもない、私たちのこの夜のために、シェフのゴリさんたちが工夫を交えて特別に調理してくれたスペシャルメニュー。いつも私とみゆきさんのためにちょいちょいと作る「ゴリジナル」を、さらに発展させた「スーパー・ゴリジナル」だ。

ほかのテーブルにも客はいるのだが、私たちしかいないかのように最初から盛り上がっている。

女性たちのおしゃべりはかたときも休むことなく続く。

そのにぎやかさは、あたかも小鳥たちのさえずりだ。

そう。みゆきさんも加えたこの四人は、鳥、なのです。

おしゃべりな鳥たちなのだ。

和田　麻里
みすぎ絹江
松浦　直子
そして、みゆきイザベル。

おしゃべりな鳥たちの話をしよう。

盆踊りの数日前に、葉山の「旧東伏見宮別邸」であるコンサートが行われた。

前に同じ場所で開かれたみゆきさんのピアノコンサートについては紹介したが、今回は四人の女性によるコンサート。

題して、

〝おしゃべりな鳥たちのコンサート〟


実はこの四人は同級生。

都立芸術高等学校の音楽科で学び、それぞれ東京藝術大学、武蔵野音楽大学、桐朋学園大学に進み、そののちも別々に音楽活動を続けてきたプロフェッショナルたちだ。

こんな大昔（！）の同級生が、なぜいま一緒になってのコンサートかといえば、みゆきさんが三年前にアメリカから帰ってきたので久しぶりに会おう、となり、会えばおしゃべりは音楽のことばかり。

じゃ、みんなでコンサートをしない？　わたしがこのあいだコンサートを開いた素敵なホールがあるのよ。

と、みゆきさんがいって、やろう、やろう、となった偶然の産物。

それから、葉山と東京、四人は手分けしてポスターを描き、チケットを作り、構成、曲目、演出、分担を打ち合わせ、おしゃべりとメールのやり取りを限りなく繰り返し、ようやくこの日を迎えたのだった。


素晴らしく暑い日だった。

高齢者の私には、外出さえ控えようかという猛暑日。

会場ホールにはエアコンもなく、数台の扇風機が回るだけ。

設営の手伝いに行った私は、初めのピアノの移動だけでダウンしてしまい、年代物のソファーで休憩していた。

それにしてもこの、鳥たち、は元気だ。

八十席余りの椅子を運び、並べ、冷たい飲みものの準備をし、あれはなんというのか、ガツンと叩けば冷たくなるパッド。ホカロンの反対のようなものをひとりひとつずつ配るように、受付のテーブルに積み上げる。

その合間に、外の樹木に案内の札を吊るしに、炎天下、出て行き、さらに少しの暇を見つけ、時間を作り、自分の練習。

こんな作業にペットシッターの山口治美さんが助けに来てくれ、荷物運びなどのほか、受付までこなしてくれた。みゆきさんのひととなり故のことだろう。

懐かしい同級生たちとのコンサートで、鳥たちは喜びの頂点にいたようだ。

私には、入り込めない世界ではあった。

コンサートは大成功だった。

みゆきさんがチケットを配った葉山のひとたちはもちろん、あとの三人の関係者たちで、ホールは超満員。

鳥たちが歌い、ピアノを弾き、おしゃべりをする、その姿に客たちは魅了されていた。

ゴドフスキー、リスト、ショパンのピアノはみゆきイザベル。

声楽家の和田麻里とみすぎ絹江は『フィガロの結婚』のソプラノ・デュエットを演技付きで歌い、ミュージカル『キャッツ』、シューベルト『野ばら』などは、劇団四季に所属していた和田麻里。

アルディーティ『Il bacio』と『ジーザーズ・クライスト・スーパースター』から『わたしはイエスがわからない』はみすぎ絹江。

そうした歌声に、松浦直子が鮮やかに、爽やかにピアノ伴奏を重ねていく。見事に分担し、しかも多岐にわたる。

ピアノ、歌の合間には四人がそれぞれに、あるいは並んで立っておしゃべり。曲の解説というより自分たちの昔話。これが結構受けていた。

休憩を挟んで二時間余りのコンサートは、終わった。

暑さに文句をいうひとも、不調を訴えるひともなく、みんな満足げに去っていった。

「ノア・ノア」での集まりは、盆踊り見物というより、このコンサートの打ち上げが目的だった。

鳥たちのおしゃべりが、蘇った。

三人の鳥たちが、みゆきさんと私に、口々にさえずった。

「みゆき、よかったね」

「みゆきをよろしくね」

――いま想うこと

みゆきは、新しい世界に私をいざなってくれていた。というより、導いてくれていた。

自分ひとりだけの殻に閉じこもっていた私を、明るく、華やいだ芸術の世界、音楽の世界に引き出してくれた。

みゆきは、人間嫌い、ひと付き合い苦手を自認している私の心の嘘を見破り、自分の持っている「ひとの輪」に加えようとする。

そして私も、その「ひとの輪」の素晴らしさ、楽しさに少しずつ染められていった。

だからいま、みゆきにいうのだ。

「おかげでマニンゲンになったよ」

この年で、生まれ変わるとはね。

VII いまを生きる

やがておかしき祭かな

遠くの海で発生し、遠くの空を通り過ぎて、いまや台風でさえなくなっている低気圧だが、その影響で葉山の空はめまぐるしく変わる。

朝早くには激しい雨だったが、犬の散歩を諦めてテレビでメジャーリーグの野球を眺めているうちに、外の浜には残暑の太陽が降り注いでいた。

そんな中、森戸神社にやってきたのだが、またいつ降り出すかわからない。つい先ほども、晴れた空から如雨露で降り注いだかのような雨が、空気を湿らせたばかり。

だが天候の気まぐれをいっさい気にすることもなく、境内からは次々に祭神輿が繰り出していく。

森戸、真名瀬《しんなせ》、あずま、といったそれぞれの町名を誇らしげに掲げた神輿は、おーせ！　おーせ！

わっしょ！　わっしょ！

せーや！　せーや！

独自の掛け声を揃え、大きな鳥居をくぐっていく。

私たちもその後を追って境内を出る。

神社の前のバス通りは、この時間ももちろん通行止め。

道沿いの家々、商店の前、窓には見物のひとの顔。

神輿はやがて浜に出る。

森戸海岸。

私たちが毎日、朝夕に犬を連れて歩く浜。

その浜を、今日はいくつもの神輿が練り歩く。

神輿の向こうに眩しい日差しを受けた海が広がり、振り向けば私の住む建物がたたずんでいる。


おーせ！　おーせ！

わっしょ！　わっしょ！

せーや！　せーや！

海からの熱風が通り過ぎる。

森戸神社の祭りの盛大さはかねてより知られていた。

だが、私自身がこうして参加、見物することになろうとは思ってもいなかった。

葉山に越してきたのは六年前のことだが、当初は、少し離れた一色に住んでいたことと、私自身、このような祭りが好きとは思えなかった。楽しいはずがないと、初めから敬遠していたようなところもあった。

だから、昨年も一昨年も、祭りのひと群れには加わらなかった。

私はひとりだった。限りなくひとりだった。

自分を「引きこもり老人」と呼んで、必要のない外出は控え、夏のあいだは、犬の散歩のついでに立ち寄る「ノア・ノア」でも、ただ黙ってビールを飲み、黙って帰る。

話し相手は犬だけだった。

そんな私を見かねてか、ペットシッターの治美さんが祭のTシャツを買ってきて、

「お祭りですよ。浜に出ましょう」

誘ってくれた。

仕方なく犬を連れて浜に出たが、祭から遠く離れたところを少し歩いただけで帰ってしまった。

すぐ近くいても、森戸の祭りは、私から遠い存在でしなかったのだ。

だが、いま私は、私たちは祭の中にいる。最中にいる。

みゆきさんとふたり、神輿のあとを追い歩き、日差しを浴び、雨を浴び、行きかうひとたちと声を掛け合い、笑い合い。

夜もまた森戸神社にやってきた。

雨で足元がぬかるんでいてもお構いなく、夜店の小さな椅子に坐って、生ビールを重ね、たこ焼きをほおばり、焼き鳥を食らう。

いつもは犬の散歩ですれ違うひとたちが行き交い、声をかけてくる。

これまで、挨拶以外に話したことのないひとたちも、みゆきさんがそばにいるためか、私にも笑いかける。

「みんな、テリーとお話ししたいのよ」

私はいま、生き返ってきたのか。

「やまねこ」な夜

「佐枝さんのとこに行ってみない？」

みゆきさんにいわれて出かけた。

山根佐枝さんがやっている小さなカフェ「やまねこ」。

三年余り前まで私が住んでいた一色の、御用邸のすぐ傍で、雑誌編集者であり、サーファーでもある佐枝さんが、若い女の子とふたりでささやかに開いている。

私が葉山に越してきたのは六年前だが、ちょうどそのころ「やまねこ」もオープンし、近所だったこともあって、しばしばそのカウンターの椅子に坐るようになった。

変わった営業形態で、金曜から月曜までの四日間しか開かないし、しかもビールやワインを飲ませるバーの部は土曜の夜だけで、その形はいまも変わっていない。

だからこの日も土曜日。

「やまねこ」には靴を脱いで上がる。

私が面倒なスニーカーに手間取っているあいだに、サンダル履きのみゆきさんは古民家風なガラス戸を開けてもう入っている。

「お久しぶり」

「こんばんは」

女性ふたりの高い声が響く。

私が続けて入ると、

「あら〜、おじさん」

元気いっぱいな女の子、イクちゃんがカウンター奥の小さなキッチンから顔を出す。

「いつもご一緒なのね」

「ご一緒なんですよ」

みゆきさんも「やまねこ」にすっかり馴染んできている。


みゆきさんを初めて「やまねこ」にいざなったのはさほど遠い昔ではない。

「引きこもり老人」を続けていた私だが、それでも夏のあいだは犬を連れ、海の家「ノア・ノア」で、夏が終わると近くのレストラン「エスメラルダ」のテラス席で、足元に犬を坐らせてビールを飲んでいた。もちろん誰と話すわけでなく、たまの話し相手は一緒に散歩してくれるペットシッターの治美さんくらい。

そのころ知り合ったのがみゆきさんだ。

大きな犬を連れて森戸の浜を歩くみゆきさんは例えようもなく美しく、ただ行き過ぎるだけだったし、話しかけるにしてもどこの国の言葉で話していいのかわからなかった。

だが、みゆきさんが誰かと日本語で話しているのを聞き、

「シェパードですか？」

声をかけてみた。

「シェパードのミックスなんですよ。ストライプって名前ですけど、スーちゃんです」

浜で知り合うひとのほとんどがその話題から入ってくるという。

話をするようになって。

幾度かそれが続くようになって。

「ノア・ノア」の私のテーブルにスーちゃん連れで立ち寄ってくれたりするようになって。

私の著書を読んでくれるようにもなって。

「ノア・ノア」から「エスメラルダ」に移ってしばらくたったたころだったろうか。

「御用邸の傍に『やまねこ』という店があるんですよ。なかなか素敵な店で、一度ご一緒しませんか」

と誘い、別々のバスで行ったのがみゆきさんの「やまねこ」初体験。

私としては、デートとか、そういった気持ちはまるでなく、新しく

知り合ったひとを、自分の好きな店に案内したいだけだった。

　みゆきさんのことをほとんど知らなかったのだ。

　だが、ずっとあとになってみゆきさんはこういった。

「わたし、ものすごく緊張していたのよ。テリーのお友達に嫌われないか。無視されないか。受け入れてもらえるかしらって」

　こうもいった。

「佐枝さんはやさしかったけど、イクちゃんはちょっと怖かった。だからわたし、固くなっていたでしょう」

　そうは感じなかったな。

　実は私もあの夜初めて、みゆきさんの意外性を知ったのであった。

　私より少し遅れて「やまねこ」の入り口をくぐったみゆきさんは、私の隣に坐るや、初対面の佐枝さんに、

「ナマください」

　生ビールを注文した。

「すみません。生ビールはおいてないんですよ」

　緑のボトルがお洒落なハートランドがメインのビール。

　そしてみゆきさん。カウンターの上に積まれたおにぎりを発見し、

「わ、おいしそう。これください」

スパムというのか、沖縄のゴーヤー・チャンプルーなどに入っているコンビーフのような肉を海苔でとめたおにぎりを、ハートランドで食べ始めたのだ。

海の家ならともかく、こうした少しお洒落な場所では、ワインとか、カシスソーダ、せいぜいモヒート。そうしたものしか飲まないイメージだったから、私の先入観はガラガラと崩れたのであります。

のちのちこのことを話すと、みゆきもいい返す。

「テリーだって、オペラしか聴かない。ワインしか飲まない感じだったわよ」

いまみゆきはビールを飲みながら、ルールもよく知らないプロ野球を一緒に見てくれる。

イメージを崩されたのは、そのときばかりではない。

「ノア・ノア」では犬のことくらいしか話がなかった。

犬の食事の話になって、私が、鶏の胸肉を茹でて、皮を取って、ドライフードに混ぜるというと、目を輝かせて、

「じゃ、いつもトリカワポン酢が食べられますね」

みゆきさんにとって初めての「やまねこ」の夜、浜ですれ違っていたころのみゆきさんについて、私はこんな感想をいった。

「イタリア映画の女性みたいでしたよ。例えばヴィスコンティの『ベニスに死す』のシルヴァーナ・マンガーノのような」

みゆきさんは笑って聞いていたが、みゆきさんが中座したときにイクちゃんがいった。

「佐山さんって、ああやって口説くんですね」

口説いたのでなく、本当にそう思っていたのだ。

この話、前にも書いたな。

というように、みゆきさんには幾度かイメージを崩されはしたが、いまでもその思いは変わらない。

「やまねこ」で、みゆきさんは佐枝さん、イクちゃんと、ハロウィンでどんな仮装をしようかなどと盛り上がっている。

私は付き合わないよーだ。

――いま想うこと

みゆきが私を新しい世界に導きだしてくれたとすると、私もみゆきを自分の世界に誘い込んだかもしれない。

私の、狭く閉ざされた世界にみゆきが入ってきてくれたのかもしれない。

それが「やまねこ」であり、テレビでのプロ野球見物であり、私が認知症予防のためとの理由をこじつけて見るクイズ番組の『Qさま』、『ミラクル９』だったりする。

その話をすると、みゆきはいう。

「ふたりの別々の世界を行ったり来たりしているんじゃなくて、ふたりで新しい大きな世界を作っている、と思ったほうがいいんじゃないかしら」

みゆきの発想は、いつもアグレッシブ。

前向きに生きている。

だからいつも拗《す》ねたように生き、それが似合っていると思い込んでいた私を常に目覚めさせ、包み込んでくれるのだ。

はるかに年下のみゆきが、私にとっては母であり、先生でもあるのかもしれない。

もちろん可愛い恋人であることは間違いないが。

食卓の風景

「すかなごっそ」に初めて行った。

ずっと前から名前は聞いていたし、一度は行きたいなと思っていたのだが、なかなかその機会がなかった。だが、みゆきさんとこれからしばらくの食事について話しているうちに、「すかなごっそ」に行ってみようかとなった。あそこならいい食材が揃っているに違いない。

車を走らせてみて、その遠さに改めて驚く。

葉山からバス通りの一本道だが、以前毎日通っていた横須賀市民病院の前を、病院を見ないようにして通り、自衛隊の前をさらに過ぎ、横須賀市の深部に達するのではないかと思えるところに「すかなごっそ」はある。ディープスカだな。

広い駐車場の奥に広がる体育館のような平屋が「すかなごっそ」。

「遠かったね」

「これじゃしょっちゅうというわけにはいかないわね」

顔を見合わせるふたりだったが、その分、よーし買いまくるぞと闘志もわいてくる。速足で「すかなごっそ」に入っていった。

「すかなごっそ」は大きなスーパーマーケットという形だが、食材のほとんどが地元の三浦半島で作られた、採られた地産地消の店舗。野菜などにはそれぞれ生産者の名前が付されている。

「すかなごっそ」ってなんだという疑問は当然持っていたのに、ひとに尋ねる機会もなかった。

イタリア語かなとも思っていたが、

「横須賀のご馳走って意味らしいわよ」

みゆきさんはそういうが、あまり自信もなさそうだ。

ま、いいか。

というわけで、私たちは張り切って野菜、肉、ハム、ソーセージ、卵、乾物。次から次へとバスケットに放り込んでいったのだが、

「こんなに冷蔵庫に入らないわ」

とのひと声で慌ててトーンダウン。

それでも普段のスーパーなどでの買い物の三倍ほどは買い

込んだろうか。

「今日から頑張らなきゃ」

みゆきさんの意気込みがおかしい。

「今夜はぼくの部屋でタジン鍋だよ」


ここのところ外食が極端に減っている。

少し前まで、私の食生活といえば八割がた外食だった。

昨年の秋からは、毎日近くのレストラン「エスメラルダ」。

夏のあいだは海の家「ノア・ノア」で。

どちらの店も私たちのためだけに特別メニューを作ってくれ、それがうれしくて自宅のように食べ、飲みしていた。

ところが夏が終わり「ノア・ノア」がなくなっても、もう「エスメラルダ」には行かなくなった。いや、行くことは行くが回数が極端に減った。以前とは比較にもならない。

それだけでなく、ほかの店にもほとんど行かない。

よほど、

「寿司でも食べようか」

といった気分にならない限り外食はない。

外食でなく、自宅で摂る食事をなんというのか。

内食？　うちごはん？　ウチメシ？

食事の場所は私の部屋か「ミユキハウス」。

朝と夕、日に二回、犬を引いて森戸の浜を散歩するのだが、私たちはふたりの家のちょうど中間にあたる防波堤というか石の桟橋で合流して、浜を並んで往復。

ときには森戸神社境内先の海の上まで足を延ばし、浜を戻ってもとの防波堤に戻り、それぞれの家に帰る。

その日課は変わらないが、それから先が変わった。

私の場合、夕方の散歩から部屋に戻り、プーリーに餌をやり、シャワーを浴びるなどして改めて出かける。

みゆきさんが食事の用意をしてくれている。

自分で「みゆき食堂」といったり「居酒屋みゆき」と呼んだりするように、食事の内容は多彩だ。

日本の昔ながらの家庭料理があれば、ドイツのビアホール、ブロイハウス的だったり、神楽坂の居酒屋のようだったり、ときには前日の残り物に新たにふた品加えたり、まったく別料理にリメイクしたりと、みゆきさんの創意工夫には、惚れた弱みもあって毎回感心させられる。

「毎日外食では栄養が偏っちゃうでしょう。塩分も摂り過ぎているはずよ」

といい、

「テリーの身体は私が護ってあげる」

といってくれたりするが、ある夜の食事でみゆきさんはいった。

「こうしてふたりだけで静かに食事をするのって、わたしにはなかったの。いつもふたりの子供に食べさせて、ばたばたと片付けてって毎日だった」

みゆきさんのそのころのことを、私はほとんど聞かない。

みゆきさんはいう。

「だから、こんなお食事、うれしいの」

しみじみと幸せそうだった。

私たちの食事は夕食だけではない。

朝の散歩のあと、部屋でパソコンに向かい、テレビを見、ときには掃除をしたあと、昼過ぎにみゆきさんの家に行くこともある。

軽いランチ。サンドウィッチ。暑いときには冷やし中華。薬味たっぷりのソーメン。

二時間ほど過ごして帰る。ピアノの生徒が来る時間だ。

その夜、また「みゆき食堂」になることも多いが、たまには私の部屋で、ということもある。こちらは「テリーズ・バー」。

「テリーズ・バー」では、ほとんどが映画鑑賞の夕べ。

定期的に送られてくる映画のビデオ、ブルーレイを見ながら食事。

もちろん私の手料理だが、みゆきさんが作って持ってきてくれることも多い。

「すかなごっそ」で多めに買った食材は、いったん「みゆき食堂」に運び、「テリーズ・バー」で食べる分だけを持って帰る。

部屋に戻って、食材を冷蔵庫にしまい、下ごしらえできるものはして、時間をつぶしていれば夕方の散歩のときになる。

プーリーと浜に出ると、昼間とは違う服装のみゆきさんがスーちゃんと現れる。

一時間ほど歩いていったん別れ、さらに一時間のちにみゆきさんが部屋に来る。

今夜のタジン鍋に合わせて、ネギのヌタを作ってきてくれるそうだ。

平鍋に山のように野菜を積み上げて、上に薄切り肉をびっしりとかぶせ、チューブの中華だしとごま

油を注入。

これが料理といえるかどうかは別にして、あとはみゆきさんが来てＩＨにかけるだけ。

このような日々なので健康になったのか、いくらか太ってきたようだ。

浜の散歩が日に二回。みゆきさんの家へは、みゆきさんが私の部屋に来ても帰りは送っていくので、日に二往復することになる。

これだけ歩けば、身体にいいだろう。

みゆきさんも、少し太ったみたいといいながら、

「幸せ太りかな」

それならいいけどね。

犬のいる光景

森戸の浜での散歩コースを、少し変えてみた。

いつもなら、マンションから浜に降りて、長い森戸海岸の北の外れ、石の堤防まで歩き、堤防に腰を掛けてプーリーに水を飲ませ、スーちゃんを連れたみゆきさんがやってきて、ふたりと二匹は浜の南端まで歩く。

ときには森戸神社まで、季節によっては海の家に立ち寄ったりして、浜を戻りもとの堤防へ。

これがだいたい日に二回。

こんな私たちの姿は浜の景色の一部になっているようで、たまにどちらかひと組だけだったりすると、

「どうしたんですか」

と心配される。

今回はこのルーティンを大きく変えた。

プーリーを連れてスーちゃんの家、つまり「ミユキハウス」「みゆき食堂」に行くことにしたのだ。

変更の理由はスーちゃんにある。

二、三日前から、スーちゃんの歩くようすが少しおかしい。
左の後脚を軽く引きずるようにする。

痛がっている様子もないし、ちゃんと歩くときもあるのだが、見慣れている私たちにとってはやはり変だ。

楽天家のみゆきさんは、ちょっと疲れているだけかな、程度にしか感じていないようだったが、

「もうトシなんだから、医者に見せたほうがいいよ。レントゲンを撮ってもらいなさい。それでなんともなかったら安心でしょう」

私の言葉を、最近のみゆきさんは素直に聞くようになってくれている。

その日の午後、スーちゃんを車で獣医に連れて行った。

スーちゃんはもう十二歳。

アメリカから日本にかけての十六年、猫のミンミンを見ていた私には、年老いたペットがいかにフラジャイルな存在であるかがよくわかる。


みゆきさんとスーちゃんが帰ってきた。

スーちゃんの左脚はやはりおかしい。骨や腱、筋肉に異常はないが、疲れが貯まっているようだといわれたそうだ。

しばらく安静にしていましょう。散歩も、家の近所か庭の中だけ。浜を歩かせるのはやめなさい。

「ですって」

というみゆきさんはしょんぼりしていた。

だから、私とプーリーがこちらから行くことにしたのだった。

プーリーを連れてこようか、という話はかなり前からあった。

私たちは、どちらかの家、部屋で過ごすことが多い。

ランチ、ディナーを一緒にしたり、ビール、ワインを飲みながら語り合ったり、映画を観たり、音楽を聴いたり、長時間に及ぶことも少なくない。

つまり、プーリー、スーちゃんのどちらかが、必ず長い留守番を強いられている。

それが可哀想なので、犬たちも一緒に過ごせるようにしよう。

といっても私の「テリーズ・バー」は、スーちゃんには窮屈すぎるから、プーリーが訪ねることになる。

その準備は進んでいた。

スーちゃんの家の中には犬用のトイレがない。大も小も外でしかしない。

広い庭付きの家を借りたのはそのためでもあったそうで、雨の日などはちょっと庭に出す程度だ。

ところがプーリーは、外でもするが部屋でもする。

プーリーが来るとなれば、トイレは絶対必要。

そこでインターネットを駆使して、いまと同じ型のトイレを取り寄せ、組み立ててしまっておき、プーリーが来たときだけピアノや大テーブルなどがあるリビングルームに設置。

トイレシーツは私の部屋から運んだ。

こうしていつでもプーリーが訪ねられるようにしているので、今回スーちゃんの静養はまたとないチャンスでもあった。

堤防でひと休みして立ち上がったとき、プーリーは喜んで浜を戻ろうとしたが、私がリードを逆方向に引くので、え？　という表情をする。

だがもともと好奇心のかたまり。知らないコースでも大喜び。かえって私を引っぱるようにぐいぐい進む。

情緒ある漁師町の一画を抜け、バス通りを渡り、さらに住宅地を歩くとスーちゃんの家、ではなく「ミユキハウス」「みゆき食堂」がある。

この「ミユキハウス」。三年余り前にアメリカから帰ってきて、湘南でいろいろ物件を探していてこの家に行き当たり、たちまち気に入って借りたという。

前面に芝生が敷き詰められ、数多くの庭木が建ち並ぶ「ミユキハウス」。

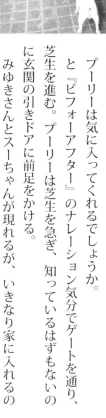

プーリーは気に入ってくれるでしょうか。

と『ビフォーアフター』のナレーション気分でゲートを通り、芝生を進む。プーリーは芝生を急ぎ、知っているはずもないのに玄関の引きドアに前足をかける。

みゆきさんとスーちゃんが現れるが、いきなり家に入れるの

は心配なので、まず庭先で遊ばせて、慣らしてからにすることに。

なんの心配も不安もなかった。

プーリーは、リードなしで外を動き回るのは初めてなので、大喜びで芝を走り、庭木の匂い、というかスーちゃんの匂いなのだろうが、嗅ぎまわり、建物の裏手まで丁寧に、幾度も探検し、マーキングを重ねる。

スーちゃんも一緒に動いていたが、やはり疲れたのか、芝生に坐り込む。

そんな二匹を眺めながら、私とみゆきさんは玄関先に出した椅子でハーブティ。

絵に描いたような光景ではないか。いくつか蚊に刺されはしたが。


三十分ほどして家に入った。

プーリーは、リビングルームからキッチン、中廊下などを、ショートトラック走者のように、だっだっ、と走り回り、調子に乗って二階まで階段を駆け上って探検したのはいいが、降りられなくなって情けない声で呼ぶ。

スーちゃんはもうプーリーには構わず、いつものソファに横たわっている。やはり疲れたのかな。

みゆきさんがいった。

「ドゥーちゃんも来ればよかったのにね」

それで、将来の家族が揃うのに、という口ぶりだった。

ドゥージーはいま「ハルホテル」にいる。

「ハルホテル」。つまりペットシッターの治美さんが葉山の隣、秋谷に一年余り前にオープンした施設で、ペットシッターとしての前進基地であり、お預かり犬たちの宿泊、散歩の場であり、治美さん自身の五匹の飼い犬の家でもある。

その大所帯にわがドゥージーは、新しく家族として加わった。

つまり治美さんチの犬になったのだ。


ドゥージーは、夏の終わるころから歩かなくなった。

散歩に出かけるときには大喜びするのだが、浜に出ると歩くのを嫌がる。
二、三メートルも歩くと、砂に尻をつけて坐りこみ、悲しげな眼で私を見る。
一緒に連れているプーリーは元気いっぱい、走り回り、飛び回り、ぐんぐん引いていこうとする。

ドゥージーは動かない。

甘えているのか、わがままなのか、と無理に引っ張ろうとすると、尻をつけたまま引きずられる。

こんなときが続いた。

それならドゥージーの散歩はなしにしようかと思うのだが、プーリーを連れだそうとしたときの大喜びを見ると、置いて出るのは忍びない。

出ると、歩かない。

そのころの散歩は、ドゥージーを抱いてプーリーに引かれて歩くという、異常なスタイルだった。

浜で一緒になった治美さんがいった。

「テリーさん、ドゥーちゃんはおかしいですよ。しかも、かなり悪化しています」

専門家のいうことだ。すぐに獣医に連れて行ってもらった。

治美さんは、さまざまな設備が備わっている大きな動物病院にドゥージーを連れて行って、半日がかりの診察、いくつかの検査を受けさせてくれた。

いつも陽気で張り切り屋さんの治美さんが、珍しく深刻な口調で伝えた。

ドゥージーはかなり進んだ腰椎、椎間板ヘルニアだとわかったという。ダックスフントの持病のようなもので、この犬種ならどの犬でもまず逃れられない病いだが、ドゥージーはそれがさらに進行している。

治療法は三つあり、ひとつは手術。四週間ほどで退院できるが、費用は大きい。

二番目は、薬とマッサージだが、これは回復まで数か月という長期になり、そのあいだ、動き回らないように小さなケージに入れ、トイレは

抱き上げてさせ、食事もケージの中。散歩、お遊びは禁止。

三番目は、車椅子。これを選ぶと、一生そのままになる。

どうしようか、といわれて私たちは考え込んでしまった。

お金のことは仕方がない。

しかし、

「ドゥーちゃんの身体にメスを入れるなんて」

可哀想で、とみゆきさんは早くも涙ぐむ。

一生車椅子も可哀想だ。

快癒率、を聞いてみると、手術も薬もさほど変わりはないという。問題は寝たきりのターム。

こうして私たちは、薬とマッサージによる治療を選んだ。

だが、そうなるとドゥージーはプーリーと一緒には住めない。

私も、そんな二匹を同時に面倒みることはできない。

「わたしが、うちのワンコたちと一緒に面倒を見ます」

治美さんが引き受けてくれて、そのときからドゥージーは「ハルホテル」の住人（？）になった。

治美さんからは、しばしば写真が送られてくる。

小さなケージで丸くなっているドゥージー。
腰を引きずりながら、ほかの犬たちに囲まれているドゥージー。
小さなテラスに出してもらっても、庭に降りることができずにいるドゥージー。
それでも、思ったより順調に回復しているようだ。

みゆきさんと一緒にドゥージーに会いに行った。

十四近くの犬たちが吠えまくり、騒ぎまくる「ハルホテル」の奥の部屋のケージにドゥージーは入っており、私たちを見つけて目を輝かせる。

治美さんがケージドアを開けてくれた。

ドゥージーは長い体をくねらせ、尻尾を大きく振り、腰を引きずり、ころんと転び、必死になって私のもとに。

ソファに坐って抱き上げると、私の胸を昇り、顔を舐めまくる。うれしい。

そして散々舐めまくり、甘えまくり、私の太腿をベッドにして居眠りを始めた。

「安心したんですね」

「ハルホテル」に頼んでよかった。つくづくそう思った。

その後、治美さんからメールと写真が来た。
ドゥージーがほかの犬たちと一緒に、秋谷の立石公園に出かけた写真だった。
見たところしっかり歩いている。ちゃんと立っている。

プーリーがスーちゃんの家に来て、二時間たった。
私はみゆきさんと並んで軽いランチを食べた。
スーちゃんはソファで。
プーリーは床の敷物で。
静かに眠っている。

私たちは、こういう日常になっていくのだろうか。

――いま想うこと

「ミユキハウス」は広い庭にたくさんの草木が植えられており、建物の裏手には日当たりの悪いところも少なくないので、季節によっては蚊が多く発生する。

それにも拘らず、みゆきは草むしりや庭木の剪定、植栽などをする。

見かけによらず働き者というか、ワイルドなところがあり、あるとき私が訪ねると、丈高い梅の木に登っており、頭の上から声をかけてきた。

「梅の実を取ってるのよ。梅ジュースや梅酒を作るの。テリーにもあげるわね」

手伝ってやろうかと思ったが、熱中症気味だったので木登りなどとんでもない。地面に落ちた梅の実を拾うだけにした。


そのころ、散歩の浜で出会ったみゆきは、ひどい形相になっていた。

おでこや頬、顎にまで蚊に刺された跡が残っており、赤く膨れている。

「どうしたの？」

「今朝庭の手入れをしていたら、いっぱい蚊に刺されちゃった。顔だけでなく、シャツの上から腕や背中まで刺すのよ。ジーンズの脚も刺されたわ」

そんなみゆきをつくづくと、しみじみと見て、私はいった。

「あのねぇ、きみはぼくのいちばん大切なひとだからね、いつも綺麗でいてほしいと思っている。美しくいてほしい。優雅にピアノを弾いていてほしい」

だから、そんな庭仕事なんかしないで、といったのだ。

「専門のひとに頼んでやってもらいなさい」

だって、という。

「だって、日本の庭師さんはすごく高いのよ。そんなもったいないこと」

いい返すみゆきを私はさえぎった。

「それなら便利屋に頼めばいいじゃないの。そのくらい家計費と一緒にぼくが払うからさ」

きつい口調でいわれて、ようやく便利屋に頼む気になったようだ。

「やまねこ」の佐枝さんの紹介で、タカスケット、という若い便利屋。タカちゃんがするスケット、のことらしい。

月に一度頼んでいて、蚊に刺されることはまずなくなった。

いま、笑っていう。

「仕事が終わって、タカスケットさん、ご苦労さま。また来月お願いね、っていうのよ。なんだか昭和の奥さまみたいで楽しい。テリー、ありがとう」

みゆきは、奥さま、を思い浮かべていたのだろうか。

Ⅷ　来年は喜寿か

再びJAZZYな夜

「ああ、そうだったの？」

みゆきさんが、驚いたような、感心したような声でいった。

演奏の前半が終わって休憩時間に入ったときだった。

私たちはほかの客たちと同じように緊張から解き放され、小声で感想を話し合ったり、ワインを口に運んだりしていたが、この「ジャズの夕べ」のパンフレットを眺めていたみゆきさんが、私に顔を寄せていうのだった。

「三人とも洗足学園の出身なんですって。そうだったのか。不思議な縁があったのね」

いわれて私もパンフレットを見直してみたが、今夜のジャズメンの三人とも三十代半ばという若さで、ともに洗足学院園の音楽科、ジャズ演奏科に学んでいることがわかった。

つまり三人ともみゆきさんの離れた後輩というか、みゆきさんの父親からつながる縁者だということだ。

みゆきさんの父は、スイスに生まれ、ヨーロッパで活躍し、後年日本を中心に活躍した世界的なピアニスト、マックス・エッガー師だが、晩年の数年間、いまは川崎市にある洗足学園で名誉教授、特別待遇師範として静かに君臨していた。

もちろん今夜の三人は知る由もないだろうが。

そしてみゆきさんも、しばらく前まで洗足学園で音楽を教え、フランス語の教師をも勤めていたのだった。

「あの学校から、いまもこんな優秀なひとたちが育ってるのね」

うれしそうで、懐かしそうなみゆきさんだった。

ウッドベース　斎藤草平
ピアノ　成田祐一
ドラムス　福沢久

「久しぶりにジャズを聴きたくなったね」

と、私がいい、

「そうね、行きましょうか」

と、「ダフネ」行きはあっさり決まった。

湘南の葉山に住んでいて、ジャズとなると真っ先に名前が浮かぶのは、鎌倉の「ダフネ」。小さなジャズクラブだが、その名は全国に轟いており、日本中のジャズマン、ジャズ歌手が、この店を目指してくる。アメリカやヨーロッパの音楽家も、日本に来たときには喜んで出演する。

ネットで調べてよさそうな夜を選んでやってきたのだが、その名を知らず、期待半ばといった気持ちの私たちに、この三人は予想、期待を大きく裏切る、高度な演奏を聴かせてくれたのだった。

ジーンズに長袖Tシャツ、裾出しシャツに小ぶりなハット。ごく砕けた街角ファッションはストリートトライブを思わせるが、演奏はなかなかのもの。

表情を変えず静かに、それでいてめりはりを利かせ、ずんずんと身体に響く斎藤のベースに、控えめに、だがときにはもぐりこむように前面に出てくる福沢のドラムス。

私たちが心奪われたのは成田のピアノだった。

よれよれ、だぶだぶのTシャツで、痩身の成田は斜めに坐り、鍵盤に覆いかぶさるようにして演奏する。

ピアノを弾くというより、撫でるように、掬うように、踊るように指を走らせる。
あまり見ない演奏法だったが、音は素早く飛び跳ね、舞い、叩きつけられる。高度なテクニックの持ち主だった。
現代日本のジャズ界に詳しいわけではないが、
　　野に偉人あり
オーバーにいえば、日本ジャズ界の、
　　フランツ・リスト
そうささやくと、みゆきさんはさすがに小さく笑ったが、それでも、
「クラシックではあり得ない指の動きだけど、凄い才能ね」
とささやき返した。
しかしこの成田は洗足学園音楽大学を出ている。クラシックピアノを学んでいる。基礎はしっかりできているはずだ。
完成された基礎の上に、自らの感性、味わい、テクニックを加える。
　　パブロ・ピカソ
といえば、みゆきさんはまた笑うかな。
このひとたちのジャズは、どちらかといえば白人のジャズ。
ニューヨークなら「ヴィレッジ・ヴァンガード」より「ブルー・ノーツ」か。いや、それよりも「日本のジャズ」といったほうがいいかもしれない。

いずれにしても私たちは、想定外の感動に、想定外だっただけなおさら心動かされていた。

「ダフネ」を出ても、すぐに帰る気分に離れず、鎌倉駅近くの気軽なワインバーに入った。

身体が火照っている感覚だった。

この夜のジャズについて、改めていろいろ語り合いするうちに、思い出話になっていった。

「懐かしいわね。あのころのわたしたち」

ちょうど一年前、私たちはこの「ダフネ」を訪れている。

細川綾子のステージ。


細川綾子は、もう五十年、六十年近くも活躍を続けているジャズシンガーで、アメリカ西海岸を中心に、ニューヨークもほかの都市にも、ヨーロッパにもファンを広げている「小さなスーパースター」。

アメリカ時代のみゆきさんの年長の友人で、綾子さんが日本に帰ってくるたびにステージに駆けつけるという。

一年前もそうだった。

みゆきさんにはしばらくぶりの綾子さんで、誘われて同行した私には初めての歌声であった。

だが、この夜のワインバーでの話は、ステージや歌声のことではなく、一年前の私たちの思いであり、気持ちであった。

あのころ、

「テリーとはまだ知り合って間もなくのころで、「ノア・ノア」や「エスメラルダ」や、佐枝さんの「やまねこ」には行ったことがあっても、葉山の外に出るのは初めてだった」

デート、という言葉がなんとなく思い浮かべられる、そんな夜だったという。

葉山からバスに乗り、逗子で横須賀線に乗り換える。

「バスで並んで坐っても、わたし、すっかり緊張して固くなっていたの」

こうもいう。

「バスを降りるとき、先に降りたテリーがすっと手を貸してくれたのよ」

「そんなの、当たり前じゃない？」

電車で並んで立っていても固くなっていたというみゆきさんに、私もいう。

「背の高いひとだと思っていたけど、電車で並ぶと、ぼくのほうが少し高かった。低い靴を履いてきてくれたんだね」

話は、ジャズから一年前に移り、ジャズバーの夜は更けていった。


「大変よ。テリー。大変！」

みゆきさんがけたたましい勢いでいってきたのは、数日前のことだった。

「綾子さんが日本に来てるのよ」

浅草での「ジャズ・フェスティバル」に出演するための来日だが、そのあと一回だけステージを持つという。

「細川綾子で検索したら出てたのよ。東京の蒲田のライブハウスに出るんですって」

行かない？といわれてふたつ返事で、ＯＫ。

半日がかり、下手をすると深夜まで帰れないようなので、プーリーを「ハルホテル」に預けて、ふたり、出かけた。

新逗子から京急で蒲田まで。

ふたりともよく知らないところなので、パソコンで調べ、スマホで確認し、駅員に道を聞き、すっかりお上りさん状態。

迷った末にたどり着いた「ＯＰＵＳ　ＨＡＬＬ」は、ごくありふれた都会マンションの地下室。というより、地下ストレージに大掛かりな改装を施したらしいライブスタジオ。立派な演奏会場だ。

数十人は入る空間はホテルのロビーに近く、柔らかなソファが並び、全体が海の底のようなブルーな空気に包まれている。

すでに多くの客たちが静かに談笑している。男女ほとんどが年配者、高齢者。

ステージにはすでにピアノ、ドラムス、ベースが並べられているが、まだ青く静まりかえっている。

細川綾子が、ここで歌う。

バックバンドには、

谷口雅彦　ベース
森田潔　ピアノ
の名は記されているが、それだけ？
不思議に思う。
いかに細川綾子が高名であっても、これでひとり、ワンドリンク付きとはいえ七千円は高い。ジャズの、小さなステージの相場は、三千円。せいぜい四千円だ。
そのわけは、すぐにわかった。

まずベースの谷口、ピアノの森田がステージに上がり、主催者でもある谷口が挨拶し、これから上がるメンバーを紹介する。

客席のうしろからステージに上がってくる三人の名を聞き、その姿を見て、私は驚きと感激に声も出ない。ただ目を丸くするばかり。


「ハラグチ・イサム。ドラムス！」

見事な白髪の大柄な老人が、ステッキを突きながらゆっくりステージ階段を上がる。

原口イサム。

父と本人と息子。三代にわたって日本ジャズ界の名ドラマーとして名を知られ、今年六十五周年記念コンサートで日本中を回っているという。八十五歳にして日本学友協会の会長だ。

足もとはおぼつかないが、ドラムの前に坐ると、しゃきっと毅然たる雰囲気を漂わせる。

「イガラシ・トシアキ。アルトサックス！」

五十嵐明要。

このひとも、数十年にわたって日本のジャズを牽引し、いくつものビッグバンドで活躍した大御所。

若く見えるが八十四歳。

「ハラダ・タダユキ。バリトンサックス！」

このひとに、ここで会えるか！

原田忠幸。

三人の中ではいちばん若いが、それでも八十歳。

長身を杖で支えながらステージに上がる。

このひとの名をその昔から知っているひとは、かなりのジャズ通か、私のように業界に関わってきて、しかも高齢者だ。

英国人とのハーフの原田は、少年時代からドラマーだった父、ジミー原田と並んでステージに立ち、ジャズ歴六十年余り。

日米いくつものビッグバンドに参加していたが、私がそのス

テージを観て、聴いていたのは「原信夫とシャープス・アンド・フラッツ」だった。

まだ駆け出しジャーナリスト時代に、一度か二度、インタビューしたことがある。

ジャズのことではない。

原田忠幸は、その昔、雪村いずみの恋人であり、一時期夫だったひと。

雪村いずみと親しくしていた私だから、ほかのジャーナリストにはできない取材が可能だったのだ。

原田忠幸には、クールでスタイリッシュだったころの面影が残っていた。


この素晴らしいメンバーでまず数曲。

そののちに上がった細川綾子が、以前にも聴いた張りのある歌声をいくつか。

細川綾子は、歌のあいだのおしゃべりで面白いことをいった。

「このＫＫＢのメンバーに、私も間もなく入れてもらうんですよ」

ＫＫＢ。コーキ・コーレーシャ・バンド（後期高齢者バンド）。


途中の休憩時間。

細川綾子は楽屋に戻らず、客席でファンたちと話す。

私たちの席にも来てくれた。

「まだ時差ボケが取れないのよ」

といいながら、

「逗子のときより声が出てるでしょう」

一年前には風邪を引いていていて不調だったという。そうは思えなかったが。

後半も、同じような構成、進行で続く。

わずか三人。バックを入れても五人。

音は、小さなステージを縦横に駆け巡り、跳ね、舞い、弾み。

あたかもビッグバンドがそこにあるように、彼らは自在にスイングし、シャウトし、聴くひとをあらぬ世界に導いてくれる。

スタンダード・ナンバーから、世界のビッグバンドのテーマ曲。

映画音楽から新曲。

前後半で数十曲。

それに加えて細川綾子の、心を揺らす歌声。

魂を奪われた。

客席に年配者があふれているわけがわかった。

みんな、数十年の昔に戻っていた。

涙が出るほどの、いや、実際に涙を誘われたステージだった。

この顔ぶれで七千円は安すぎる。

ジャズは素晴らしい。音楽は素晴らしい。そして、人生は素晴らしい。

秋の墓参

ダウンコートにぐるぐる巻きのマフラーが必要なほどの日があるかと思えば、薄いシャツ一枚でもいい日がある。

身体の調子が狂いそうな季節の中、青空に鰯雲。ほんわかとあたたかい、まさに小春日和といえる一日があった。

「今日はお寺日和ね。付き合ってくれる？」

みゆきさんに誘われて鎌倉までのドライブ。

いつものように食事や音楽ではなく、少し肩に力の入った「墓参り」だった。

海岸通りから滑川信号で右折して、大宮大路をまっすぐ上がる。

途中で車を路肩に止め、みゆきさんだけ降りて小さな花屋に寄る。

いくつかの鳥居を潜り抜け、突き当りを右へ。

道は急に細くなるが、それでもバス通り。この先にいくつもの名刹が続いているはずだ。

「どこを入るんだったかな」

幾度か来たことがあるが、大昔のことなので思い出せない。

「もう少し先を左に入るんだったわね」

つい半年前に来たはずのみゆきさんも、心もとないようす。

「もう一回、ちょっと止めて」

商店の前の小さなスペースに車を止め、みゆきさんがカーナビを操作する。ほとんどナビを利用しない私より、よほど達者だ。

「ああ、あった」

みゆきさんが頷くのとほとんど同時に、カーナビが始まった。

「およそ三百メートル先を左です」

ほっとして走り出した私たちだが、その左折した道のなんと細いこと。本当に車道なのか。しかも一方通行でもないのか。

少しでもハンドルを誤ると、右に流れる用水路に落ちてしまいそうだ。

そろそろと進んでいくうちに、小さな案内標識が現れた。

『瑞泉寺入口』

道はそこから先、さらに細くなった。

瑞泉寺

鎌倉の昔から続く由緒あるこの寺に、みゆきさんの先祖の墓がある。

といっても、みゆきさんの父親はスイス人なので、この墓に眠るのはみゆきさんの母親の母。おばあちゃんだ。

百段もある急な石段を上がる。みゆきさんはとんとん足を運ぶが二日酔い気味の私にはかなりきつい。幾度も立ち止まっては呼吸を整えなければならなかった。

ようやく広い墓所に出て、墓石のあいだの小道をしばらく進み、

「このお墓よ」

黄色味を帯びた墓石に、

谷田家

の文字が。

「わたし、日本の苗字を持ったことがないの。生まれてからずっと「エッガーみゆき」だったし。結婚してからは「プローみゆき」。離婚してからも「プロー」のままだから、ここにきて「谷田」の姓を見ると不思議な気になるの。懐かしいような」

と話しながら、みゆきさんは慣れたようすで墓石を洗い、雑草を抜き、社務所で貰ってきた線香を供える。

手持ち無沙汰に立っていた私だが、みゆきさんが両手を合わせると自然にそのうしろに立っていた。

秋空の下、みゆきさんは祈り続ける。

なにを祈っているのか。

祈りの中、報告の中に、私のことは入っているのだろうか。

そして、自分のおばあちゃんの墓に向かうみゆきさんの傍に立つ私は、いったいどのような立場なのか。

墓参りを終え、広い境内の一隅の小さな東屋の石のベンチに坐り、私たちは秋の瑞泉寺を味わっていた。

「おばあちゃんにはずいぶん可愛がられたのよ。父はすごく厳しかったし、母は父がすべてのひとだったから、わたしはおばあちゃんに甘えることが多かったの」

遠くに目をやったまま、みゆきさんは静かに話す。

横顔が美しい。

そのおばあちゃんがいくつで亡くなったという話から、年齢のことになった。

「ぼくはね、いま七十六歳なんだよ」

「知ってるわよ。そんなこと」

「来年、七十七歳」

「そうでしょうね」

「七十七歳ってことは、キジュだよ」

「キジュ？」

「喜ぶことぶき、のキジュ」

「そうか」

「喜ぶという字の、もうひとつの書き方に『七』が三つ重なる字がある。だから七十七歳は喜寿」

「そうね」

「そんな喜寿の男が、爺さんが、結婚する、といったらおかしい？」

「おかしくないわよ。格好いいと思うわ」

「ふーん」


話はそこまでだった。

私たちは、長い石段を下り、車を出し、細い道を引き返し、鎌倉まで戻ったのに、どこにも寄らず葉山に帰った。

葉山に帰り、まだ暖かさの残っているうちにそれぞれの犬、プーリーとスーちゃんを連れて浜を歩かねばならない。

――いま想うこと

このように、私とみゆきはほとんど毎日、それも二回も三回も会い、一緒に食べ、飲み、語り観たり聴いたり。

そんなときが重なり、それを普通のことに感じ始めたころ、私の胸に浮かぶ思いがあった。

このひととずっと一緒にいたい。

結婚したい。

だが、その考えが浮かぶや否や、私の中にもうひとつの私が現れ、激しく叱る。


なにをいっているんだ。

自分をいくつだと思っているんだ。

あとどれほど生きていられるかわかっているのか。

万一結婚したにしても、あのひとをすぐに未亡人にしてしまうことになるんだぞ。

そんなことを考えるだけでも、あのひとに対して失礼だということがわからないのか。


そんな葛藤があったから、瑞泉寺での「喜寿」に関する話は、私としては恐る恐る口にした言葉だったのだ。

七十六歳、後期高齢者の私は少年のように悩んでいた。表には出さずに。

大都会の祭りのとき

新橋と虎ノ門を結ぶ通りなのでシントラ・ストリート。

この、短いけれどゆったりと幅のある大通りで「東北六魂祭」なる祭りが行われた。いや、祭りというよりパレードといったほうが正しいかもしれない。

東北を代表する六つの祭りが、それぞれ現地そのままの姿で、東京都心のシントラ・ストリートを練り歩き、踊り歩く壮大なイベント。

招待され、ふたりで出かけた。

広いストリートの両側をいくつかのブロックに分け、スチールチェアをずらりと並べた招待席の私たちの席はGブロック。ほかのブロックと違って、外国人客を中心にした場所だという。

私たちを招待してくれたのは、このイベントの実行委員会に加わる大会社に勤務するプリシラなる女性。

「ブロックは決まっていても、先着順の自由席なの。みんな早くから並んで、いい席に坐ろうとするはず。葉山から出てくるんだから早い時間は無理でしょう。外国人たちはぎりぎりにならないと来ないから、ここならゆっくりでも大丈夫よ」

こうまで気を利かせてくれたプリシラは、なんとわがみゆきの娘だ。

「葉山にばかり籠っていないで、テリーさんと一緒にお祭りにでもいらっしゃい」

横須賀線からタクシーでやってきたものの、広範囲な交通規制が敷かれていて近くまで行けない。ビルの谷間で迷っていると、道の反対側から、

「ママーッ！」

声が飛んできた。

同僚らしいひとたちと、イベント整備、招待客たちの誘導などに出てきたらしいプリシラが手を振っている。

こうして私たちは無事最高の席の、しかも最前列に並んで坐ることができた。

プリシラのことは、いずれ詳しく書く。

ここでは「東北六魂祭」の話。

「東北六魂祭」は、壊滅的な打撃を与えた大震災から立ち直ろうとする東北を励ます「がんばろう東北」キャンペーンのひとつで、年に一度、六つの祭りが揃って全国を回っている。

今年は東京で。

六つの祭りとは、青森ねぶた祭り。秋田竿燈まつり。盛岡さんさ踊り。山形花笠まつり。仙台七夕まつり。そして、福島わらじまつり。

ずいぶん昔だが、六つとも見に行ったことがある私と違って、全部が初めてというみゆきは、パレードが始まる前から身を乗り出して勢い込んでいる。

クリスチャンの家庭に生まれ育ったにしては日本の祭りが大好きで、葉山の祭りにもねじり鉢巻きで参加しているほどだ。

さんさ踊り、がやって来た。

たすき姿の華やかな着物の前に太鼓を抱き、流れる歌声に合わせてテンツクテンツク叩き踊る五十人ほどの女性たち。

その最前列に「ミスさんさ」のたすきをかけた若い女性が五、六人手を振り振り進む。

この「ミスさんさ」の誰もが、東北美人なのだろうがたいそう垢抜けており、アイドル的だ。

「ＡＫＢみたいね。昔の踊り手さんたちはこうじゃなかったでしょうね」

みゆきがいう。

踊りの群れは、優雅に、可憐に過ぎていった。

竿燈は勇壮。

長い竿に、ブドウの房のように提灯を実らせ、その竿を手に持ち、肩に乗せ、さらに突き出した腰に乗せ、頭に乗せ、そのたびに竿を次々に継ぎ足して、伸ばしていく。

竿燈は五本だったか。

バランスをとるのは至難の業と見られるが、男たちは道幅いっぱいに練り歩く。

中には竿が大きくしなり、先端が地面に届きそうになり、いまにも落ちてきそう。

そのたびに、観客たちから悲鳴、驚きの声が上がる。

「夜には提灯に灯が入るんだよ」

「風が吹いていたら危ないでしょうね」

「昔は火事になったこともあるらしい」

口をぽかんと開けて高い竿燈を見上げる私たち。

その向こうに虎ノ門ヒルズが、冬の青空にそびえたっていた。

花笠まつり、は揃いの華やかな着物姿の女性たちが、手を振り、流れるような足取りで舞い、愛想を振りまきながら進んでいく。

高校生のような若いひとも、かなりの年配に見えるひともいたが、誰もが可愛らしい。

わらじまつり、は長さ十二メートル、重さ二トンの巨大なわらじを十数人の男たちがワッショイ、ワッショイと担いで歩く、いうなれば「わらじ神輿」。

男たちは、わざとよろけて観客席になだれ込む素振りをする。

そのわらじに触ることができたひとには幸運が訪れる、と聞いて、手を伸ばして道に乗り出しかけるみゆきを、私は慌てて引き戻す。

わらじに触ることができなかった。

「幸運はつかめなかったね」

「いいの。もうつかんでるから」

私たちは、仲がいいのであります。

七夕まつり、は色とりどりののぼりを押し立て、あるいは両手に扇を大きく開いて舞い歩く多くの男女の行進。

中に甲冑姿の男がいて、これは伊達政宗らしい。

どう見ても市役所の職員風な伊達政宗が、

「皆の衆、仙台に来るのだぞ」

などと叫んでいるのが可愛らしい。


最後は、ねぶた祭り。

巨大な張りぼての、いななく白馬に、片肌脱いだ荒くれ男。

この台車を、掛け声とともに引き、押し歩く男たち。

「青森のこれは『ねぶた』で、弘前のは『ねぷた』っていうんだ」

「同じような祭り？」

「いや、青森はこんなに元気いっぱいだけど、弘前のは原色の武者絵なんかが描かれた大きな山車がしずしずと進む。幻想的な光景だよ」

「それは来なかったのね」

「うーん。あの山車は夏の夜だからいいんで、明るい昼間には合わないからだろうね」

巨大白馬は、ヒルズのビルに向かって高くいなないていた。

祭りの男女も観客の私たちも、充分に楽しみ、疲れた「東北六魂祭」だったが、終わっても帰りが大変。

観客たちが一斉に地下鉄駅に歩き出し、そのひと群れに包まれるとどこに向かっているのかもわからない。

見える景色はどれもこれも、初めて見るような、ずっと以前に見たような、つまり同じような眺めばかりなのだ。

近くだろうと多寡を括って歩き、横道に舞い込み、丘を上がっては降り、一時間近くもかけて、ようやく六本木ヒルズに辿り着いた。

もうすっかり夜。

欅坂はすでにイルミネーションに彩られていた。

イルミネーションを背にみゆきの写真を撮っていると、みゆきの腕にとびかかってきた女性がいる。

プリシラ。

「こんなところでなにをしてるの？」

「プリこそ、どうして？」

イベントの片づけを終えて、帰るところだという。

広い東京で、こういう偶然もある。

ふたり一緒に写真。

美しい母と娘。

——いま想うこと

このころから「みゆきさん」という書き方を「みゆき」に変えた。

そう書いてもいいだろうと思っていた。

みゆきを呼ぶときも「みゆきさん」ではなくなり、みゆきもそれになんら不自然さを感じていないようだった。

それだけ、ふたりの心が近づき、あるいは重なり合ってきたのだろう。

IX　清い心、清い夜

新しい生命の力を

またふたりで出かけた。

いくらかの緊張感を持ってのお出かけ。

私には、この先なにが待っているのだろうかというささかの不安があり、みゆきには逆にこれから起こること、始まろうとしていることへの期待。成り行きを楽しんでいるような、弾んだ気分が感じられる。

「おにぎり作ってきたから、向こうか帰りの電車で食べましょうね」

遠足気分でいる。

私は遠足どころではない。

刑場に引かれる咎人のように、とはいい過ぎに決まっているが、この日の目的は整体医院。

治療、施術を受けるのは私ひとり。みゆきは付き添いというか、幼い子供をクリニックに連れていくママのようだ。

葉山からバスで新逗子へ。京急。上大岡で乗り継いで、東京は品川。うらうらとあたたかい品川の広い道に沿って十分ほど歩き、

「ここよ」

大きなビル群に挟まれた小さな建物の三階に、

「むつう整体」

の看板を掲げた医院はある。

エレベーターを上がり「むつう整体」のドアを開けるとすぐに診療室。黒いユニフォームの施術者というか、アシスタントというか、若い男女が数人立ち働いており、その間に患者らしいひとたちが、あるいは坐り、あるいは立ったまま施術を受けている。

それほどのひとがいながらざわめきはなく、しんと静まりかえった透明な気配が漂っている。

みゆきに背を押されるように受付に向かうが、なにもいわない私に代わってみゆきがすべて説明する。

「電話でお話ししたひとです。今日はお試しというか、どういった整体かを知ってもらうために連れてきました」

みゆきが、ほぼ強引に私を連れてきたのだ。

ここ数年、私は慢性の肩こり、腰痛に悩まされている。

自分では、四十肩かもしれないなどとふざけているが、本心はそれどころではない。なんとかならないものかと、街の整骨院、整体、マッサージなどに通ってみたものの、一時的にはよくなってもすぐにぶり返す。

一生このままかな。それほど長くない先だから、それでもいいか。

そんな気持ちにもなってきていた。

会うたびに、肩が凝る、腰が痛い、といってばかりの「老いたる恋人」に、みゆきはここ「むつう整体」のことを教えてくれた。


二十年も前、アメリカに行くはるか前、まだ小さかった子供たちの育児や、ある悩みごとを抱えて、睡眠不足、不眠症に苦しんでいたとき、紹介されて半信半疑で訪れたのが「むつう整体」。

効果は抜群だったという。

不眠症はたちまち治り、健康を取り戻したみゆきは、それ以来通い続けている。アメリカに住んでいた九年間にも、年に一、二回日本に帰るたびに足を運んでいたという。

「なにも特別なこと、激しいことをするわけじゃないの。身体のゆがみを直して、全身をまっすぐにして、正しい生命力というか、自然治癒力を強める」

全身に正しい「気」を通して、身体の中の悪い「気」を外に吐き出す。

いま流行りのデトックスのようなものだろうか。

「だからテリーにもぜひ行ってほしいの」

という。

「騙されたと思って行ってほしい。もし気に入らなければ、一回でやめればいい。ね、行って。行こう」

わたしのために行って、という目でいわれると断れない。

「だいたいぼくはね、「気」なんてものを信じていないんだよ。みゆきも知っているだろう」

といいながら、

「じゃ、一回だけね」

というわけで、やって来ました「むつう整体」。

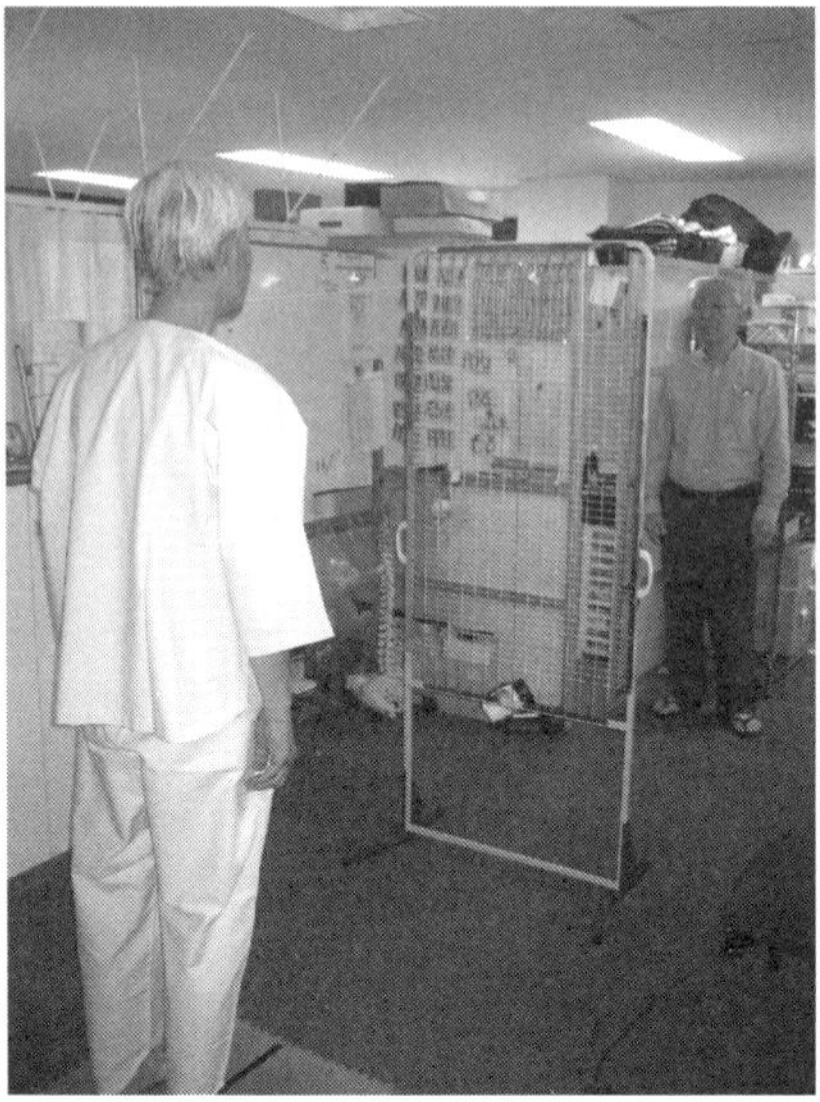

カーテンで仕切られ、中に小さなベッドがひとつあるだけの部屋で着替えさせられる。

「時計、アクセサリー、眼鏡は全部はずしてください。身体を締め付けている下着、靴下も」

スッポンポンにされちゃったよ。

それから、備え付けのパジャマを着て、センターに縦にラインを引いたネットの前に立たされ、正面、横と、体のゆがみをチェックされる。

この「むつう整体」の代表者であり、この療法の創始者でもある木村仁師が、ネットの前に立ち、

「アール3、エル2」

などと数値を伝え、黒シャツのアシスタントが控える。

右に3、左に2、傾いているのか。

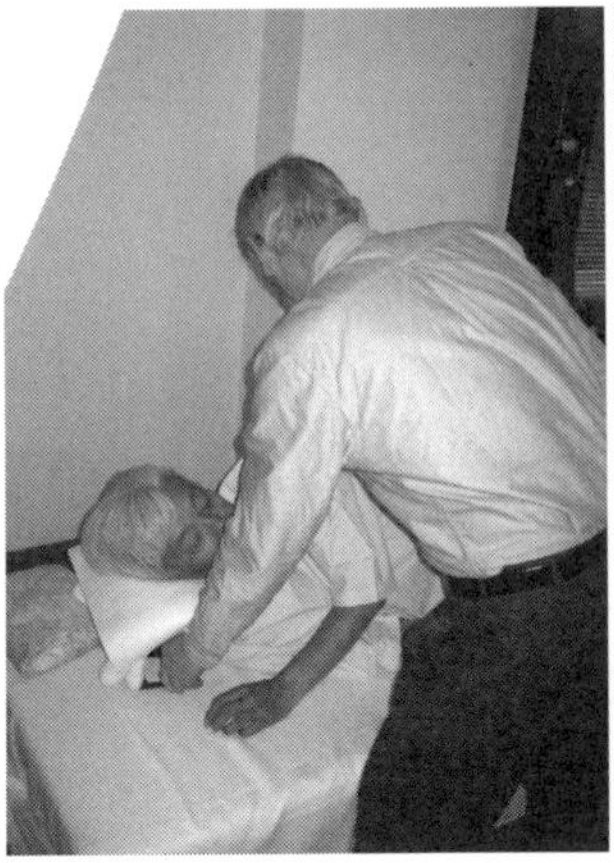

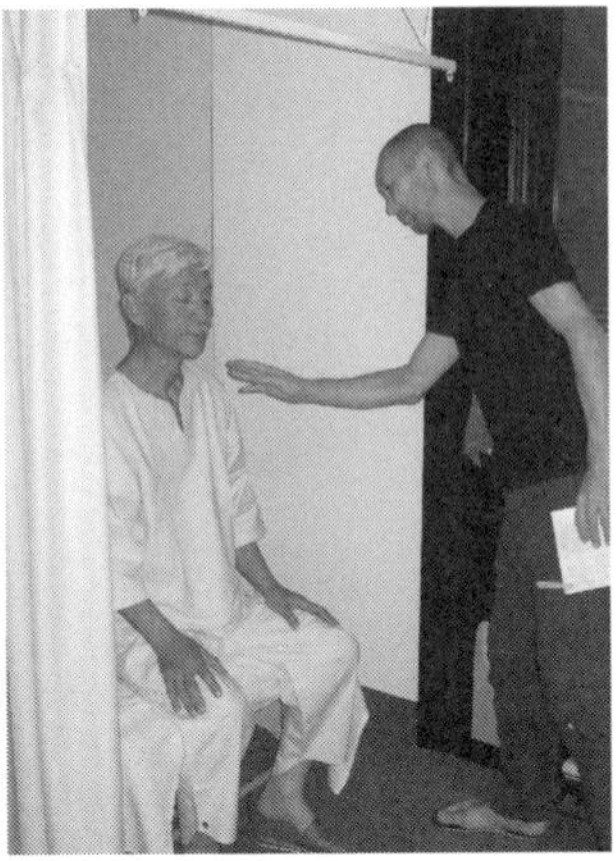

ベッドに戻り、黒シャツと木村師が身体のゆがみを正す。

といっても街の整骨院と違って、骨をコキンと鳴らしたり、イタタタとされたりすることはなく、高めの、なにやら仕掛けのある枕に横向きに頭を乗せ、

「しばらく動かないでください」

という程度。

このようすをみゆきがカメラに収めていたのだが、あとで、

「女性のアシスタントさんにいわれちゃったわ。あのひと、みゆきさんが動くと、そっちに顔を向けてすぐ動いちゃうんですよ。困りますって」


そののち再びゆがみのチェックをしてベッドに戻り、

「一時間ほどゆっくり休んでください」

これでおしまい。

カーテンの隣から軽い寝息が聞こえる中で、私は眠れなかっ

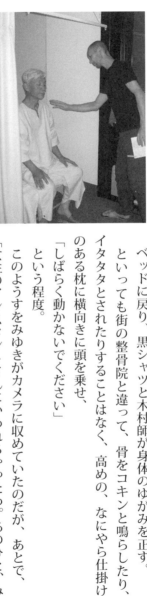

たが、気持ちがどこかにすーっと入っていくような、妙に快適なときを迎えていた。

みゆきが木村師と話す小さな声が聞こえてくる。


「むつう整体」の施術は、正しくは「イネイト療法」という。

この日の施術のあと木村師に聞いた話と、持ち帰った説明資料を基に紹介しよう。


人間とは本来自然の存在であり、持って生まれた生命力がある。

誕生し、成長し、成人し、また新たな生命を生み出す。

風邪を引いてもほとんどのひとが自然に治り、傷を負っても自然にふさがる。これが自然治癒力であり、生命力。「自然なる力（イン・ネイチャー）」の派生語で「イネイト」という。


「イネイト」は脳幹から発生し、骨髄を介して全身の各機関に伝達されるが、背骨にゆがみがあると伝達は妨げられ、健康レベルが低下し、さまざまな不調が現れる。

そこで木村師が開発したスーパーアディオという、脳幹と同じ波動を持つ道具を共鳴させ、背骨の一番目と二番目の骨、上部頸椎を調整し、体のゆがみを整える。

私にも与えられた高い枕が、スーパーアディオだったのだ。


「今日の一回だけでも効果は出ますよ。期待してください。身体のあちこちが変わってきます」

必ずしも気分のいいものではないが、という。

汗をかいたり、下痢をしたり、手足に軽い痺れが走ったり。

「それが、身体の中の悪いものを吐き出している証拠なのです」

私の場合、翌日から妙にくしゃみが続き、この年で花粉症か、と思ったが、みゆきにいわせるとそれがイネイト効果だそうだ。

ほんとうかな。


未紗がいなくなってからというもの、いつ死んでもいい、と思っていた。

だって、生きていたってしょうがないじゃないか。

未紗とふたり、四十年余り生きてきて、おしまいのほぼ十年間は未紗の闘病、私の介護のときだったが、それでもふたりは満ち足りていた。充分に生きてきた。

だから、もういい。

いつ死んでもいい。

しかしいまは、この一年、この半年は、
もっと生きていたい。
そんな気持ちに変わってきた。

みゆきとなら、生きていてもいいんじゃないか。楽しいんじゃないか。笑っていられるんじゃないか。

そのために、新しい生命力が得られるのならそれを手にしようとするのは、いいことではないか。

自分の残りの人生がどれほど幸せなものになるか。

みゆきのこれから先を、どれほど幸せなものにしてやれるか。幸せな人生を残してあげられるか。

それを考えるようになったのだ。


帰った翌日、ハクション、ハクションの合間、私は「むつう整体」に電話をかけて、次の予約を取った。

次の次も取った。

――いま想うこと

みゆきが二十年ほど前に「むつう整体」に初めて行ったとき、スーパーアディオという例の枕に頭を乗せてほんの少し目を閉じていただけで、身体は大きく反応し、全身に「気」が走ったのか身体がぐーんとのけぞり、脈打ったという。

木村師も、

「こんな素直に反応するひとは珍しい」

と驚くほどだった。

そして不眠症などたちどころに解消し、もと以上に健康になったそうなので、みゆきの心も身体もよほど素直で信じやすいのだろう。

こうした「気」に関することは、信じないひとには効果がないのではないか。

みゆきは、素直で真っ白な心の持ち主なのだ。

「むつう整体」だけでなく、その他のさまざまなことにそれは感じる。

うれしいことには心から無邪気に喜び、つらいことにははらはらと涙を流す。

私がなにかに、

『いま私は、いい老後を生きているようだ。』

などと書くと、自分とのことだと察してたちまち涙ぐむ。

私は、そんなみゆきのまっ直ぐな心がたまらなく好きなのだが、「むつう整体」に通い、自分の身体が少しずつでも変わってきているのを感じるとき、もしかしたら私も、みゆきには遠く及ばないにしても、「気」を信じようとする白い心が生まれ、育ってきているのではないか。

そんな気がするのだ。

みゆきを愛するようになり、私には新しい生命が与えられ、綺麗な、澄んだ心でいられるようになったのかもしれない。

「プリ」と「プリ」のお話

東北からやって来た六つの祭りパレード「東北六魂祭」に出かけ、招待者側の社員だから当然といえばそうなのだが、会場となったシントラ・ストリートで、みゆきの娘のプリシラに会った。

だが、祭りの終わったその日の夕刻、六本木ヒルズ、欅坂のイルミネーション前で再びプリシラに出会ったのは、偶然といわなければならないだろう。

その偶然に驚いている母と娘を見て、私にはなにかこうなるのが当たり前のように感じられた。

この母娘ならそうだろう、と。

それほどに強く結びついているふたりなのだ。

葉山と東京とに別れて暮らしていても、なにかあると、いや、なにもなくても、ふたりのあいだには頻繁にラインのやり取りが行われているし、プリシラも多くの休日には母に会いに、母と話しに葉山にやってくる。

知り合ったばかりのころ、みゆきが手作りの料理をいくつかタッパーウェアに詰めて、六本木のプリシラのところに車で届け、深夜に帰ってきたという話を聞いて、大いに驚いたものだった。

「だって、仕事が忙しくて満足に食事も摂れないっていうんですよ」

というが、この母娘にはそれが普通だったのだろう。

そんなふたりだから、私とのことをプリシラがどう思っているか、どう感じているか、みゆきは大いに気にしていたらしく、あるときうれしそうにいった。

「プリがね、これまでママがお付き合いしていたひとはみんな嫌いだったけど、テリーさんならいいわよっていってくれたの」

みんな！

私が笑うと、

「ひとりかふたりよ。あとは、私に近づいてくるひとたちってことよ」

慌てていい直すみゆきでした。ひとりを「みんな」というか。

それはともかくとして、プリシラが私を、ママのパートナー、と認めてくれたことを喜ぶみゆきをまた、なによりも喜ぶ私であった。

祭りから数日たった日に、プリシラが葉山にやって来た。
みゆきとプリシラは、誕生日が一日しか違わないので合同のお誕生会をしましょうという、例年の行事なのだそうだが、今年はそのお誕生会に異変が起こっていた。

というのは、みゆきの隣には、昨年はいなかった私がいる。

そしてプリシラもひとりではない。


恋人で婚約者でもある同年の若い男性、ミナトくんと腕を組み合って来たのだ。

プリシラはカリフォルニアのハイスクールを卒業すると、母よりひと足早く日本に帰ってきて、大きな予備校の帰国子女専門のコースに入り、半年後に早稲田大学に合格した。

その予備校の同級生がミナトくんだった。

ミナトくんも商社マンの父のもと、長い海外生活を送ってきている。

そして慶応大学に進み、いまは超一流商社のエリート社員。

半年近く前、葉山の「旧東伏見宮別邸」で行われたみゆきのコンサートで会って、四人並んで写真に納まり、それ以後も数回は会っているが、育ちのよさそうな好青年だ。


「プリとミナトがいま逗子に着いたって」

みゆきからの連絡を受け、私はプーリーを連れて出る。

砂浜を歩いてからゆっくりと「ミユキハウス」に。

フェンスドアを開けて庭に入ると、待っていたかのようにプリシラが出てきた。

「わぁ、プーちゃん！」

広げたプリシラの腕に、プーリーは一目散に走っていく。

数多くは会っていないが、プーリーはもうすっかりプリシラに懐いている。

みゆきとミナトくんも、そしてスーちゃんも出てきて、庭はたちまち賑やかな社交の場に変わった。

プリシラはみゆきやミナトくんに「プリ」「プリちゃん」と呼ばれている。

うちのプーリーは「プリ」「プーちゃん」。

一緒に歩いているとき、プーリーがリードをぐいぐい引っ張ったり、よその犬に吠えかかったりして、私が、

「プリ！」

と叱ると、そのたびにプリシラがびくっとする。

それに気づいて、プリシラがいるときには「プリ」ではなく「プー」と呼ぼうとすると、プリシラはいう。

「わたしも子供のころ、「プー」って呼ばれてたの」

どうしましょうか。


その夜、四人で「やまねこ」に行った。

山根佐枝さんから、

「星子ヌーボーが解禁になったからいらっしゃいませんか」

との誘いがあり、いい機会だからプリシラとミナトくんも一緒

に出かけたのだ。

「星子」とは、いってみれば「洋風梅酒」。梅酒というよりリカー、リキュールといったほうが正しい飲み物で、幾種かのスパイスが効いて、甘くて爽やかで女性向きに思えるが実は強いというユニークな酒。酒が強くないミナトくんなど、赤い顔で気持ちよさそうだった。

「やまねこ」は早々と切り上げ、「ミユキハウス」に引き返してちらし寿司パーティ。

お誕生会のために、みゆきが昼間から作っていた特製ディナー。

和やかで家庭的なときが過ぎ、私は帰った。

「プリ」におやすみをして「プリ」の待つ部屋に。

——いま想うこと

こうして四人で過ごす時間、プリシラとミナトくんは当然のようにぴったりと肩を並べ、ときどき見つめ合ったりしているが、私とみゆきも、それに負けず劣らず寄り添っている。

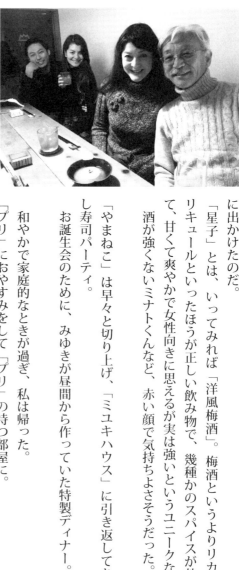

ふた組のカップルというより、家族のようだ。
仲のいい両親と新婚の子供夫婦。
それを感じて、私は考え込む。
そうなれたらいいな。
間もなくそうなるかもしれないな。

夢を見ていたのかもしれない。

指輪物語

私のマンションに「ラ・プラージュ」というレストランがある。

地中海料理と銘打っているが、フレンチからイタリアンまで幅広く提供しており、そのおしゃれな食卓は葉山の有名レストランとして、わざわざ遠くから食べに来る客はひきも切らない。

それほどのレストランなのに、私はほとんど利用する機会がなかった。

数人の客が来て、狭い部屋に入れたくない、というより入りきれないときに、レストラン前のラウンジでコーヒーを注文するくらいだから、決していい客とはいえないだろう。

「ラ・プラージュ」があまりにも近すぎるからだ。

同じ一階にあるので、部屋を出てわずか数歩。隣の部屋に行く感じなので、わざわざディナーを、という気分にならない。

だからいつも少し申し訳ないような気持ちで「ラ・プラージュ」の前を通って、外に食べに行く。

だが、今回は数日前から予約までして「ラ・プラージュ」のテーブルに着くことになった。

なぜなら、私たちにとってこの夜が特別なひとときになるはずだから。

おそらくずっと忘れられないひと夜になるだろうから。


五時とはいえ、冬のこの時期はすっかり夜を迎えており、浜は寒々と暗い。

「ラ・プラージュ」の小ぎれいな店内は、白いテーブルクロスが鮮やかに広がっているのが眩しいほど。

私たちふたりが最初の客。いや、毎日のように顔を合わせているマダムが、

「ずっとおふたりかもしれませんよ」

と、ほほ笑む。

それならそれで素晴らしいことではないか。誰にも妨げられず、記念するべきときを送れるのだから。

予約の時刻には早かったこともあって、みゆきは了解を得て店のラウンジに備え付けられているピアノを弾いた。

無人の店内に、ラウンジに、華やいだ調べが流れる。

みゆきも、この夜に心躍らせているようだ。

東京は青山山王に、「青山ジュウリーデザインスタジオ」という宝飾製作のオフィスがある。「ジュエリー」ではなく、アメリカ風に正しく「ジュウリー」としているところがさすがだが、その共同経営者であり、製作者でもある女性、山中美子さんはみゆきの昔からの友達だ。

みゆきが日本に帰ってからは、ときどき葉山に遊びに来て、私も会ったこともある。

この美子さんが、みゆきにはがきを送ってきた。

今年の新作の展示会の案内で、もちろんみゆきに売りつけようとする気ではなく、友人知人に対する近況報告のようなものだったのだろう。

テーブルに置かれたそのはがきをなにげなく眺めていて、私はなにか心動かされるものを感じた。

そこに載っているブローチ、指輪のきらめき、佇まいが私の心に飛び込んできたのだった。

帰って、インターネットで「青山ジュウリーデザインスタジオ」を検索した。

レストラン「ラ・プラージュ」に戻ろう。

この夜を、みゆきとふたりの特別なときにしよう、と私たちは話していた。

なにが特別かといえば、この夜が少し早いクリスマスと、少し遅いみゆきの誕生日。ふたつを同時に祝おう。そのほうが楽しさも二重になるだろう。

そう話し合っていた。

シャンパンで乾杯。

いつものようにスプマンテ、プロセッコではなくヴーヴ・クリコ。

若い恋人のように目と目を合わせて微笑みあい、若いふたりのように頷き合う。

こうなって、よかったね。

これからも、こうしていようね。

そして私は、上着のポケットからおもむろに小さな紙包みを取り出す。掌の上で紙包みを開き、中で光っている小さなものを二本の指に挟んでみゆきに差し出す。

「プレゼント」

山中美子さんの「青山ジュウリーデザインスタジオ」に注文して、高価なものだからと、美子さん自らがわざわざ葉山まで届けてくれた、ゴールドの指輪。

みゆきの眼は大きく見開かれ、驚きに表情が止まる。

口が、

「きゃっ！」

という形になり、その顔はたちまち笑顔に変わった。

美しい、花のような笑顔が弾け、眼には涙が浮かぶ。

みゆきの形のいい薬指に指輪を通し、その手をしばらくつかんだまま、私はいった。

「来年、ぼくは七十七歳になる。喜寿になる。喜寿にもなって結婚する男をどう思うって聞いたら、恰好いいって答えたね。だから、ぼくを格好いい男にしてほしい」

みゆきは涙の眼のまま、大きく頷いた。

この夜を特別な夜にする、これがみっつ目のわけだ。

みっつ目だが、いちばん大きな理由。

というわけで、年が明けたら私たちは結婚します。

喜寿婚、です。

ゆく年、くる年、喜寿婚の年

年末年始は餅つきから始まった。

葉山きっての名店。歴史と格式を重んじる料亭「日影茶屋」が、年の瀬の一日、その広壮な庭園と広い座敷を一般に公開し、勇壮な餅つきを披露、ご馳走し、ほかにもおでん、うどん、焼き鳥などの屋台を設ける長年の恒例行事。

前日までのうすら寒さが嘘のようにうららかな日和の昼過ぎ、当然ふたりで出かけた。

だがこれは、私にとって画期的なことなのだ。

葉山に来て七年。いまの部屋に移って三年。

この餅つきのことは当然知っていたが、参加しようと思ったこともなかった。

大体、餅というものがあまり好きでない、というより、子供のころはともかく大人になってからは食べたことがほとんどない。つまり、半世紀余り餅とは無縁の人生を送って来た。

そんな私がこの餅つきに行こうとするのは、もちろんみゆきのため。

ピアニスト、ピアノの先生という職業柄もあって、ひとが大好き。多くのひとたちと触れ合い、おしゃべりするのが大好きなみゆきなので、こうした催しものは絶好な社交場になる。

私と付き合うようになって、社交機会はいくらか少なくなった、少なくしているようだが、それでもこんな好機を逃すはずはない。

「行きましょうよ。楽しいわよ」

といわれて、みゆきといるのが大好きな私も喜んでやってきたのだった。

さしもの広い庭園も、葉山中から集まったひとたち、家族連れで大賑わい。まっすぐ歩くことさえ難しい。

その中を私たちは縫うように歩き、まずうどんの屋台へ。

ひとつをふたりで食べようとするのだが、いくつか置かれた平台はひとでいっぱい。これは立ち食いしかないかなと思っていたとき、

「せんせい、みゆき先生」

近くの平台から声がかかった。

ピアノ教室「ミユキハウス」の生徒の女の子が、両親と一緒に坐っておでんなどを食べている。

もう食べ終わるので、私たちに席を譲ってくれようとしているのだった。

ありがたく坐らせてもらったが、女の子の母親もみゆきと親しく、

そのままおしゃべりが始まる。

　女同士の他愛のないおしゃべりが続き、そのおしまいにみゆきが私を紹介する。

「来年、このひとと結婚するんですよ」

「あーら、おめでとうございます！」

　近くのひとが聞いたら、早すぎる年始の挨拶に聞こえたかもしれない。

　このあと、おでんを食べ、生ビールを二杯も飲み、餅つきは見物だけして、穏やかな日差しの中、私たちはすっかりいい気分になって、道幅の狭いバス通りを堂々と腕を組んで帰った。
　餅を食べない餅つきイベントだった。

　年末にベートーベンの「第九」を演奏するのは日本だけの習慣だといわれ、これまでテレビで聴くことはあっても演奏会場まで出かけることはなかった。

　だがこれもみゆきのせいで、いや、みゆきのおかげで喜んでお出かけ。

「逗子文化プラザなぎさホール」といえば、みゆきを初めてエスコートして行った「ホイリゲ・パーティ」

の会場だったところ。

私たちにとって記念すべき場所だが、そのホールで、

「逗子第九演奏会」

が、開催される。

どこかの大きなオーケストラ、合唱団を招いてのものではなく、

「湘南ユースオーケストラ」

「逗子第九合唱団」

という全くの地元密着メンバーによるもの。

特に合唱団は、毎年この日のためだけに集まって練習してきたアマチュア集団。

そのメンバーのひとりがみゆきの知り合いで、

「佐山さんとご一緒に」

とチケットを送ってきてくれた。

みゆきは、フェイスブックやメール、ラインなどを通じて多くのひとたちに「わたしたち情報」を発信しているようで、このような思いがけないひとからの祝福、挨拶を受けることがこのところ多く、びっくりするばかりの今日このごろであります。

やめなさいとはいえないしね、などといえば、本当は自分もうれしいくせに、といわれそうで、実はそうなんだ、というしかない。

ご近所のアマチュア集団だと甘く考えていたが、始まってみてびっくり。オーケストラの面々も、第三楽章から登壇した合唱団男女百人近くも、実に見事としかいいようのない「第九」を聴かせてくれた。

合唱団の前に立った、男女四人のプロ歌手をもしのぐほどの歌声。

チケットを送ってくれたひとは、元日本航空の偉いさん、岸野さんで、いまはリタイヤして悠々自適人生を葉山で送っているというが、このひとも出演しており、タキシード姿も凛々しく、バリトングループの中にあって際立っていた。

年末に「第九」もありだな。そう思ったひと夜であった。

年越しそばは「エスメラルダ」。

日本そばでなく「エスメラルダ」の特製ラーメンというのが、浜のひとたちにとっておしゃれな恒例になっていることを、一年前に初めて知った私は、早速予約して出かけたのが、そのときはひとりだった。

ひとりだったし、まだ早い夕方でもあった。

だが、今回はみゆきが隣にいる。

正月休みに実家に帰るような感じで来ている、プリシラとミナトくんもいる。

ついうれしくて、ワインを二本も空けてしまった。

これから除夜の鐘も初詣でもあるというのに。

除夜の鐘は、浜に近い高台の「光徳寺」。

明るければさぞ綺麗だろうと思う植栽の石段を上がると、鐘楼の境内はひとの群れで埋め尽くされていた。

薄闇の中で緩やかに歩くひとたちは幻想的なほど静かで、そのひと群れの上を、
ごーん
鐘の音が広がっていく。

鐘突きの列に並び、私たちも鐘を突いた。

四つの手が重なった。

突き終わって、ハグした。

初詣では、「光徳寺」から降りて森戸神社。

「エスメラルダ」や私の部屋に近い森戸神社は、浜の散歩の続きでときどき足を伸ばすところだが、元日の早朝に当たるこのときは「光

徳寺」以上のひとの群れ。

そして「光徳寺」より明るいので、行き交うひとたちも見分けられる。

幾人もの知りあい、顔見知りに出会い、挨拶するが、

「こんばんは」

といってみて、慌てて、

「おめでとうございます」

いい直す。

もちろん知り合いの数はみゆきのほうがはるかに多く、私の知らない顔もたくさんいた。みゆきは、相手によって挨拶を使い分けているらしく、

「おめでとうございます」

私を紹介するのも、

「結婚するんです」

だけではなく、あるひとにはこういった。

「主人です」

いって、花のように笑った。

森戸神社でお神酒を飲み、醒めかけていた酔いがふわーっと戻り、私たちは帰途に着いた。

元日は「ミユキハウス」で、みゆき手作りのおせち。

二日前からプリシラ、ミナトくんに手伝わせて作った本格的なおせちの数々が、おばあちゃん伝来という重箱に並ぶ。

お屠蘇もある。

四人でお屠蘇のテーブルを囲んでいながら、プリシラとミナトくんは肩を寄せ合ってふたりだけの世界に入り、私とみゆきも負けてはいない。

お屠蘇を飲み、ブーブ・クリコを空け、一年が始まり。


数枚の年賀状が届いた。

中の一枚に、みゆきは悲鳴を上げるほど喜び、周囲を飾って写真に収めた。

宛名は、

佐山　透　様
　みゆき様

喜寿婚の年はこうして開かれた。

X 最終章

祭壇の前に立ち

静かな聖堂に、牧師の低く優しい声が流れる。

「愛する兄弟よ、わたしたちはいま、神と会衆の前でトオルとみゆきイザベルの結婚の証として、神の祝福を祈ろうとしています。

結婚は、神が創造の初めから定められたことで、主イエス・キリストもガリラヤのカナの婚宴に列席し、最初の奇跡をおこなってこれを祝福されました。

結婚は、キリストとその教会が一体であることのしるしであって、聖書も結婚を尊いこととして重んじるように勧めています。

ふたりはいま、この神聖な約束を行うためにここに立っています」

私とみゆきは、祭壇に向かい、牧師の前に並んで立ち、頭を垂れている。

　そんなふたりに近寄り、牧師はふたりの右手を重ね合わせ、その上から刺繍の施された白い布をそっとかけ、まず私に話しかける。

「トオル、あなたは、みゆきイザベルと結婚して夫婦となり、生涯その神聖な約束を守ることを願いますか」

　私は、答える。

「願います」

「またこの女を愛し、慰め、敬い。健康なときも病気のときもこの女を守り、命の限りこの女との結婚に忠実であることを願いますか」

「願います」

　牧師はふたりの重ねた手の上下を変え、みゆきに向かって問いかける。

「みゆきイザベル、あなたはトオルと結婚して夫婦となり、生涯その神聖な約束を守ることを願いますか」

みゆきが細い声で答える。

「願います」

見つめるみゆきの眼には、涙があふれるほどに浮かび、ステンドグラスから流れ入る光に美しく輝いていた。

晴れ渡った春の昼下がり、私とみゆきは、逗子の教会の聖堂で神の祝福を受けた。

ふたりだけの儀式にしたかったのだが、立会人が必要といわれて、お互いのペットシッターというより、キューピッド役を務めてくれた山口治美さんにうしろに立ってもらった。

治美さんも涙を流してくれた。

喜寿婚の、完結、であった。

教会からお互いの住居に帰り、気持ちの高鳴りをいくらか抑えたのち、着替えて浜に出た。

私はプーリーを連れ、みゆきはストライプ、スーちゃんのリードを引いて。

森戸海岸の北の堤防で出会い、ふたりと二匹はゆっくりと浜を歩いた。

春の陽は大きく傾き、空を、浜を、海を、赤く染めていた。

『喜寿婚の浜』　了

——あとがき——

ありがとう

約二年間にわたって不定期に書き続けてきた文章から、テーマに沿って選択、並び替え、加筆、訂正を加えたものが、この一冊になった。

改めて読み返してみると、この間の私の心の動き、流れが伝ってきて、これなら読者の共感、理解、感動を得られるのではないかとの自負も感じられる。

この本の初めの部分は、亡き妻への鎮魂、惜別、そののちに訪れてきた孤独、寂寥にあふれているが、それから先、つまりみゆきという女性との出会いから、彼女への憧憬を経て、やがて恋文のような文章になっている。

さらにみゆきと心が通うようになってからは、文章はまさに「おのろけ」の連続。

「勝手にしろ」

といった反発をもらうかもしれないと思いながらも書き続けた、確信犯的な文章だったのだが、意に反して返ってくる反響、感想のほとんどは、「おめでとう」、「羨ましい」、「うれしい」、「感動的」、「あやかりたい」、「お幸せに」といった好意的なものばかりだった。

そこには、みゆきの女性として、ひととしての魅力。ひとに好かれる性格もあると思うし、同時に他人の幸せを共に喜ぶことができる、成熟した大人の感性の持ち主がたくさんいるということかもしれない。

自分たちが幸せになることは、周囲のひとたちも幸せにするという理想的な体験をさせてもらったともいえるだろうか。

「喜寿婚」という言葉は、私にだけ当てはまるもので、みゆきには迷惑なネーミングかもしれないが、それでも素直に喜んでくれているのは、私への配慮のほかに彼女の私への愛の深さでもあるだろう。

私たちはいま、愛すること、愛されることの素晴らしさと同時に、この愛を続けていくことの重みも感じている。

私自身はすでに最晩年に近い場所に立っているが、みゆきは若いとはいわなくても、まだまだ人生の半ば。私がいなくなったあとも、みゆきが安心して生きていかれるような手当てをしなければならないと、いくつかの手続き、書き換えもすでに終わった。

そうしたことにみゆきは、

「ありがとう」

と心からいうが、私の方こそみゆきにいいたいのだ。

「愛してくれてありがとう。愛させてくれてありがとう」

今日も私たちは、葉山の森戸の浜を歩いている。

「喜寿婚の浜」は、今日も美しい夕陽に輝いている。

［著者略歴］
佐山　透（さやま　とおる）
1940年東京生まれ。
学生時代よりフィクション、ノンフィクション、エッセイ等を執筆。ことに青春小説、芸能、スポーツの分野では、それぞれ第一人者となるが、1990年突然渡米。15年のセミリタイア生活に入る。2006年帰国。
これまでの著書に、『佐山青春小説集』（小学館）、『芸能界を斬る』（日新報道）、『レイモン・ベィネの小さな恋人（訳）』（小学館）、『シニアの国の青木功』（講談社）、『人生のバックナイン』（日本経済新聞社）、『ハミングバードの庭で』（飛鳥新社）、『ニューヨーク街角オペラ』（講談社）、『ぶなの森の葉がくれに』『想い出だけが通りすぎてゆく』『永遠の猫・ミンミンと』『イタリア式リタイア術』『イタリア式老楽術』（以上、展望社）などがある。

葉山 喜寿婚の浜

2017年4月11日　初版第1刷発行

著　者　佐山　透
発行者　唐澤　明義
発行所　株式会社 展望社
〒112-0002
東京都文京区小石川3丁目1番7号　エコービル202号
電話　03-3814-1997　Fax　03-3814-3063
振替　00180-3-396248
展望社ホームページ　http://tembo-books.jp/
装幀・組版　岩瀬　正弘
印刷・製本　株式会社 フラッシュウィング

ISBN978-4-88546-326-6

佐山透の好評既刊

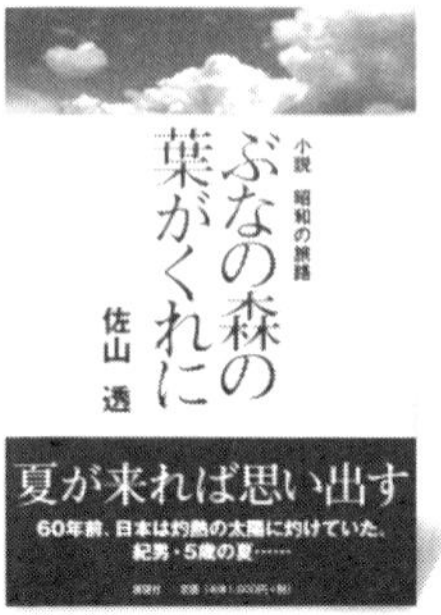

小説 昭和の旅路

ぶなの森の葉がくれに

夏が来れば思い出す——60年前、日本は灼熱の太陽に灼けていた。紀男・5歳の夏……。

B6判 245P
2007年8月17日発行
ISBN978-4-88546-178-1
定価1,600円+税

小説 昭和の旅路

想い出だけが通りすぎてゆく

激動の昭和を駆け抜けた青春——昭和27年、昭和32年、昭和35年——あなたはなにをしていましたか。なにを考え、なにを夢見て、なにを悩んでいましたか。

B6判 258P
2007年12月25日発行
ISBN978-4-88546-189-7
定価1,600円+税

永遠の猫・ミンミンと

十六年のしあわせ——ありがとう

庭に迷いこんで鳴いていた子猫——わが家のハンサムな宝物として大きくなった。パームスプリングス、ニューヨークはトライベッカからイーストビレッジ。日本に移って世田谷の桜上水、湾岸トヨス。猫といっしょのしあわせだった情景を綴る。

A5判 236P
2011年7月21日発行
ISBN978-4-88546-232-0
定価1,524円+税

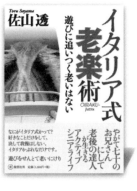

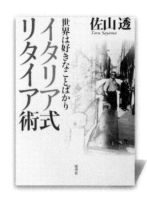